SHODENSHA
SHINSHO

狂人日記。戦争を嫌がった大《だい》作家たち

副島隆彦

JN110426

祥伝社新書

❖目次

『狂人日記。戦争を嫌がった大作家たち』

2

戦争に背を向けた知識人たち――61

3 漱石山脈 117

本文デザイン 盛川和洋
図表作成 篠 宏行
本文DTP キャップス
JASRAC出2306301-301

1 谷崎潤一郎と日本の戦争

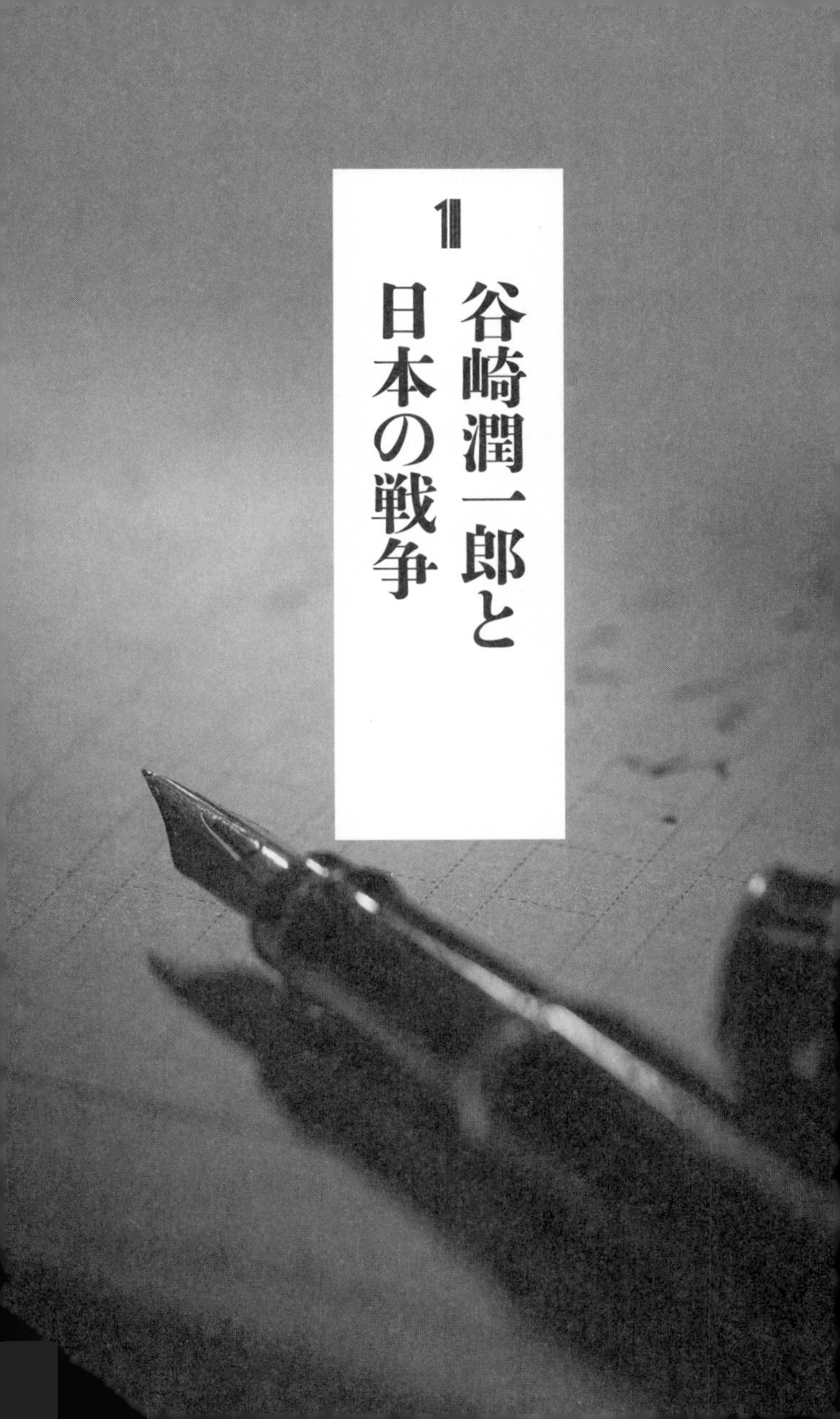

亡霊の囁《ささや》き

●月×日

私は静岡県の熱海《あたみ》市に棲《す》んで19年になる。東京の家と往復している。崖《がけ》の上の家からは相模《さがみ》湾の向こうに伊豆《いず》大島《おおしま》が見える。晴れた日には海から太陽が上《のぼ》る。

ある日、私は、今にも亡霊が出そうな廃屋《はいおく》の洋館に、引き込まれるようにして行った。その洋館は熱海市の北のほうにある。私の家から車で20分ぐらいである。

その亡霊洋館は、お化《ば》け屋敷と呼んでもいいが、広大な土地の斜面に建っている。1980年代バブル景気の時代の象徴的な廃墟《はいきょ》だ。私はそこで、100体ぐらいの女《め》神像《がみぞう》たちと出会った。白いギリシア彫刻の女神さまたちだ。私は美神《びしん》たちの亡霊、怨《おん》霊《りょう》に引きずられるようにして、この女神像たちに出会ったのだ。私は、ついに自分に怨霊、亡霊が現われたことを嬉《うれ》しく思っている。たとえ悪霊《あくりょう》だとしても、怖くはない。私にとってはいい亡霊たちだ。

撮影／著者

私が熱海で出会った女神像たち

女神像たちは、きれいな本物の大理石で、精巧にできている。これは30年ぐらい前に中国で作られた、ギリシア彫刻の模倣品だ。鑿《のみ》で削《けず》り出すのではなく、電気ドリルで精密に作られている。だから、いわゆる石膏《せっこう》（プラスター　plaster）ではない。大理石（マーブル　marble）だ。御影石《みかげいし》（グラナイト　granite　墓石用）ほどは硬くない。風雨に晒《さら》されても500年ぐらい保《も》つ、立派な彫像（トルソ　torso）である。ルネサンス期（西暦1400年代）のミケランジェロたちの作品も大理石である。

私は霊魂《れいこん》の世界に引き込まれた。そし

てさらに、そこから、谷崎潤一郎《たにざきじゅんいちろう》という文学者の世界に引き込まれていった。谷崎潤一郎も戦前と戦中、戦後も、熱海に住んだ。そしてまさしくここに住んでいた（後述する）。谷崎は1886年（明治19年）に生まれて、1965年（昭和40年）に79歳で死んだ。

●月×日

私がこの数年、ずっと追いかけてきたテーマは、日本が戦争（1931年、昭和6年からの15年間）に入っていく前の、太平洋戦争よりかなり前から、谷崎潤一郎という大《だい》作家がどのような人生をたどったかということだ。

私は、まさしくギリシア彫刻の女神さまの霊感で、ふらふらと神戸《こうべ》に行った。神戸は、関東大震災（1923年、大正12年）で被災した谷崎が、その後ずっと移り住んだ地だ。熱海で出会った美神《びしん》たちの霊に囁《ささや》かれて、導《みちび》かれて、私は神戸市の東灘《ひがしなだ》区（芦屋《あしや》市の隣の一帯）で谷崎潤一郎の旧宅たちを探して歩いた。その辺《あた》りを見て回った。同時に谷崎の亡霊とも対話した。

撮影／渡辺義雄　芦屋市谷崎潤一郎記念館提供

松子夫人と谷崎潤一郎（挙式の翌年、1936年ごろ）

谷崎は、日本が戦争にのめり込んでゆく、そのころも、ずっと耽美《たんび》と女性崇拝《すうはい》と女体窃視《せっし》のエロスの世界を描き続けた。それは自分の文学の信念である。谷崎は戦争中も、ずっと『細雪《ささめゆき》』を書き続けて、自分の奥さまの松子《まつこ》夫人への愛と、さらにその実《じつ》の妹たちへの愛を作品にし続けた。

谷崎には敗戦後の日本が分かっていた。他の知識人や文学者たちは、戦争肯定と、皇国《こうこく》への賛美と、翼賛《よくさん》体制による戦争への追随《ついずい》と、ひたすら八紘一宇《はっこういちう》の思想にのめり込んだ。谷崎は、彼らとは決定的に異なる。

女流文学者たちまでも戦争を肯定した。虐《しいた》げられた女たちのために、ずっと言論で闘《たたか》っていた与謝野晶子《よさのあきこ》も、平塚《ひらつか》らいてう（らいちょう）も、市川房枝《いちかわふさえ》でも、翼賛《よくさん》体制を支持したのだ。彼女たちは「銃後《じゅうご》の守り」を唱え、切実な愛国の母としての活動で、戦地へ兵士たちへの慰問《いもん》を続けた。国民も、「自分たちも兵隊さんたちの後に続いて、日本本土での決戦で死ぬのだ」と脅《おび》えながら覚悟していた。

そして昭和20年（1945年）8月の無残な敗戦になった。戦後78年が経《た》つ。戦争を煽動《せんどう》した指導者たちと、さらには言論人たちまでもが指弾《しだん》され、「文学者の戦争責任」が問われた。責任を感じて、女流文学者たちも自分たち自身で鬱屈《うっくつ》した。高村光太郎《たかむらこうたろう》のように、己《おのれ》の戦争翼賛を自己処罰して、岩手の花巻《はなまき》のあばら家で沈黙して自炊生活を送り、東京の小さなアトリエで死んだ誠実な者もいた。だが、戦後は、今度は反共右翼《はんきょううよく》となって、敵であったアメリカの忠実な手先、子分、下僕《げぼく》となって、変節し尽くした、恥知らずで厚顔無恥《こうがんむち》な者たちも大勢いる。私は、知識人の責務として、彼らすべてのことをコツコツと調べている。

それに較《くら》べて、谷崎潤一郎は、戦争肯定も、戦争反対も一言も言わず、ただひたすら英国人の鬼才《きさい》オスカー・ワイルド（Oscar Wild　1854－1900）張《ば》りの、人間の女性の美と、男女の愛の世界に没頭して、そのことのための文学作品を黙々と書き続けた。この態度がすばらしいのである。

そして敗戦後に、谷崎の作品は、『細雪』を始めとして、日本国民に改《あらた》めて高く評価された。谷崎は本当に偉かった。

神戸市提供

『細雪』の舞台、倚松庵

●月×日

私は、倚松庵《いしょうあん》（神戸市が移築、復元している。小ぶりの和洋折衷《せっちゅう》の家。住吉《すみよし》川河畔）に行った。ここは谷崎が太平洋戦争開戦（1941年、昭和16年）の前の1936年（昭和11年）から昭和18年（戦争のまっただ中）まで、ずっと住んだ。

私は本当に谷崎の霊魂と話した。谷崎はこの家で、一家《いっか》の女性たちと暮らしている。女たちとは、松子《まつこ》夫人の森田《もりた》家の人々だ。松子の妹の重子《しげこ》。その妹の信子《のぶこ》。松子の連れ子である恵美子《えみこ》（松子と前夫の根津清太郎《ねづせいたろう》との間の娘）。それから3〜5人の女中《じょちゅう》たちだ。

この松子の姉妹が、『細雪』のモデルである。『細雪』の英語名は The《ザ》 Makioka《マキオカ》 Sisters《シスターズ》「蒔岡《まきおか》家の姉妹」である。作中では、松子が蒔岡家の二女の幸子《さちこ》（御寮人様《ごりょうんさん》）。重子がヒロインの三女の雪子《ゆきこ》（きあんちゃん）。信子が四女の妙子《たえこ》（こいさん）。恵美子が悦子《えつこ》として描かれる。松子の姉で長女である朝子《あさこ》（『細雪』では鶴子《つるこ》）は、早くに婿《むこ》を取って森田家（大阪船場《せんば》の格式のある呉服問屋）の跡《あと》を継いだ。

谷崎（『細雪』では、計理士の貞之助《ていのすけ》）は、倚松庵のお屋敷をまさしくハーレムのようにして、女たちと暮らしたのだ。おそらく暑い夏は、浴衣《ゆかた》1枚の半裸体の暮らしぶりだったろう。上流商家の美しい四姉妹と、恐ろしいぐらいに密着した。

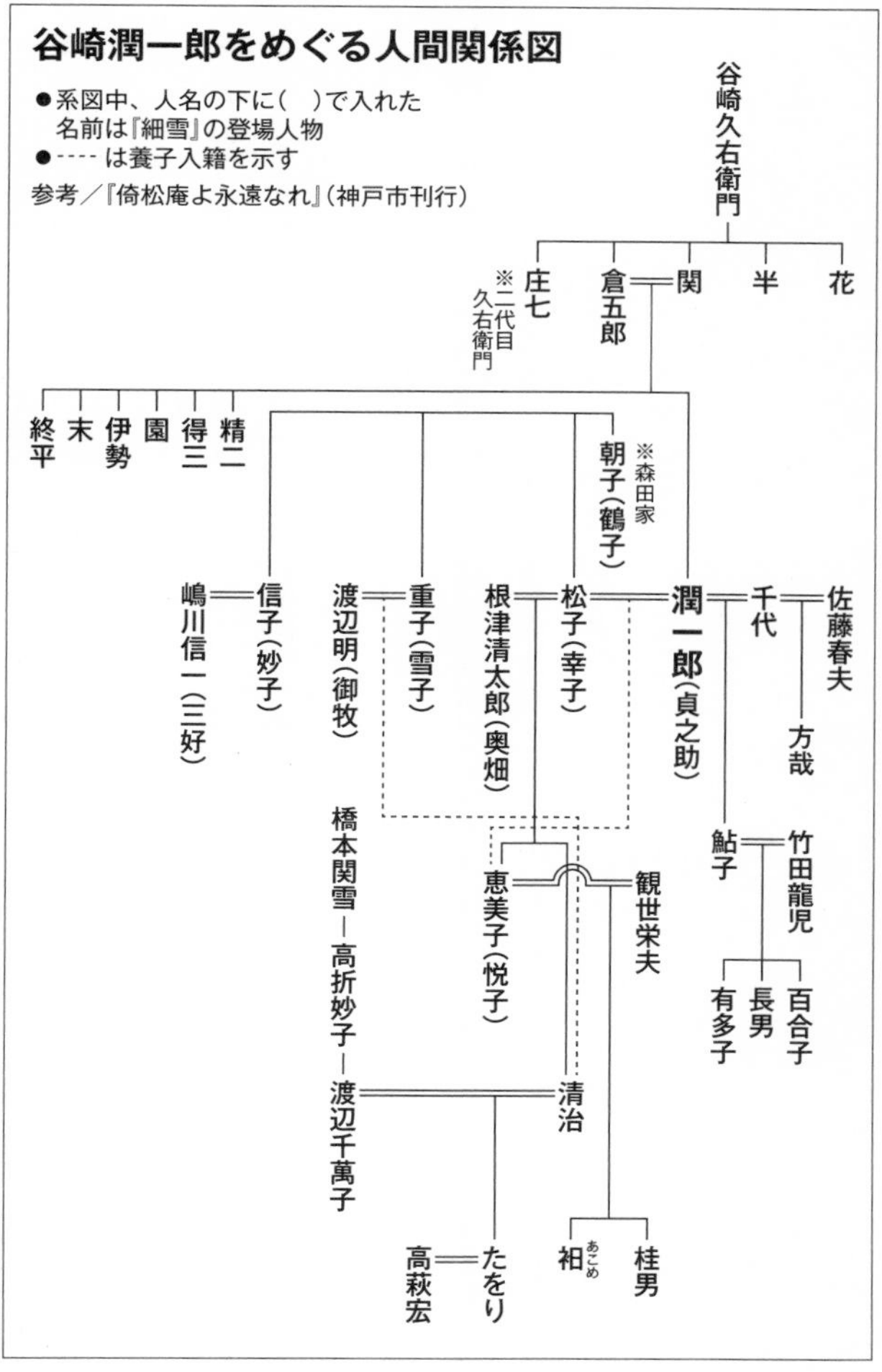
谷崎潤一郎をめぐる人間関係図
●系図中、人名の下に(　)で入れた名前は『細雪』の登場人物
●----は養子入籍を示す
参考／『倚松庵よ永遠なれ』(神戸市刊行)
谷崎久右衛門
庄七
※二代目久右衛門
倉五郎
関
半
花
終平
末
伊勢
園
得三
精二
朝子(鶴子)
※森田家
潤一郎(貞之助)
信子(妙子)
嶋川信一(三好)
重子(雪子)
渡辺明(御牧)
松子(幸子)
根津清太郎(奥畑)
千代
佐藤春夫
方哉
鮎子
竹田龍児
有多子
長男
百合子
恵美子(悦子)
観世栄夫
橋本関雪—高折妙子—渡辺千萬子
清治
祖《あこめ》
桂男
高萩宏
たをり

私は、谷崎潤一郎という非政治的《ひ》（エイ・ポリティカル　a-political　、政治に無関心）を装《よそお》っていた、だが本当は真に政治的な、優れた日本の知識人の生き方を見抜いて死ぬほど感動する。

今の日本国民は、戦前とまったく同じで、迫り来る戦争と大震災と経済恐慌の予兆で不安に揺れ動いている。いったい誰が、この国民の気持ちを、今、谷崎の遺志を継いで描くことができるだろうか。

谷崎は戦争前も、戦争中も、そして戦後も、寒い冬は、必ず熱海にいたのである。大金持ちと文学者は、熱海にいたのだ。今も老婆になり果てた往年の大女優たちの、おそらくその半数が、熱海に隠れ住んでいる。

私、副島隆彦は、熱海にずっと19年も棲《す》んでいる。そして東京と行ったり来たりしている。自分でもなぜ熱海なのか分からなかった。そうか。谷崎たち先人の知識人たちの霊魂、亡霊が、たくさんここに居《い》るからだとようやく分かった。

死ぬのがいいわ

●月×日

なぜ私が今、谷崎を論じるか。それは、**世界に核戦争を含めた第3次世界大戦の雰囲気が出てきた**からである。世界民衆が、意識の深いところでかなり動揺している。

私はまったく知らなかったが、去年（2022年）の大晦日《おおみそか》の紅白歌合戦で、藤井《ふじい》風《かぜ》（26歳）という岡山出身の柄《がら》の悪そうな歌手が、「死ぬのがいいわ」という曲を、ピアノを弾《ひ》きながら歌った。紅白に出るのは2年連続だそうだ。NHKも、人気があったから急に出演させた。「死ぬのがいいわ」は、インドやタイでも、ものすごくヒットした。

最後は、NHKホールのステージに倒れて動かなくなった（芸をやった）。驚いた視聴者たちから、「こんな気持ちの悪いヤツを紅白に出すな」という抗議の電話がNHKに来たそうだ。だが、多くの国民は、驚きながらも「なんだ、これは。でも、若い人たちの中から、きっとこんな変なやつが出て来て人気を取るのだろう」と受け入れた。歌詞《リリック》は次のとおり。

わたしの最後はあなたがいい
あなたとこのままおサラバするより
死ぬのがいいわ
死ぬのがいいわ
三度の飯よりあんたがいいのよ
あんたとこのままおサラバするよか
死ぬのがいいわ
死ぬのがいいわ

このように、「死ぬのがいいわ」をリフレイン（繰り返し）した歌だ。
この曲と歌詞の感じが、今の地球（＝世界）を覆《おお》っている。明らかに、「ロシアと

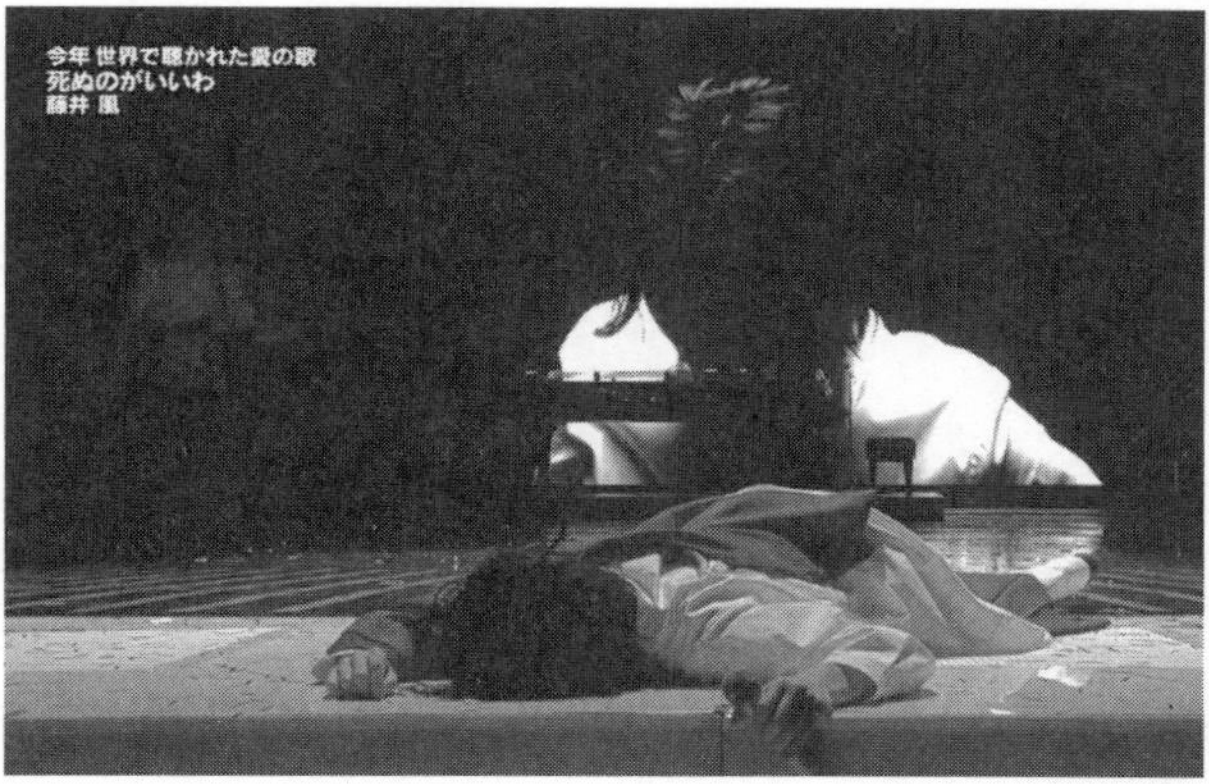

NHKのテレビ画面から

「紅白歌合戦」でステージに倒れ込んだ藤井風

中国 対《たい》 アメリカおよび西ヨーロッパ（NATO《ネイトー》）諸国」とで、これから始まりそうな第3次世界大戦への突入を予感している。ウクライナ戦争（2022年2月24日から）は終わりそうもない。戦争に向かって、人類の一挙《いっきょ》の大量死（すなわち核戦争。ニュークレア・ウォーフェア nuclear warfare）の恐怖を感じ取り、世界から吹いているこの風を、皆が肌で感じ取っている。

特に若い人たちが、敏感にこの戦争の予兆《よちょう》を感じている。若い人たちほど死にたくない。だが、戦争になれば、どうしても若い人たちから先に、兵隊に取られて大量に戦場で死んでゆく。藤井風の「死ぬのがいいわ」は、今の日本人の気持ちをよく表わしている。

「あんたとこのままオサラバするよか（より）死ぬのがいいわ」というのは、男と女が2人で死ぬことを暗示している。それを「情死《じょうし》（心中《しんじゅう》）」と言う。「駆け落ちする」は、英語では「ランナウェイ（run away）」で、どこの国でもあるものなのだ。許されない結婚に逆らった男と女が、どこかに出奔《しゅっぽん》する。江戸時代には、人形浄瑠璃《じょうるり》でも歌舞伎でも、「死出《しで》の旅」とか「道行《みちゆき》」と言って、男と女が2人で死ぬ。そういう歌舞伎ものが流行《はや》った。民衆は心中ものが死ぬほど好きだった。『曽根崎心中《そねざきしんじゅう》』と『心中天網島《しんじゅうてんのあみじま》』が有名である。

現代では、それほど厳しい境遇に置かれた男女関係はない。だから、男と女が愛し合えば、2人でどこかで暮らせばそれでいい。「親たちが反対する許されない結婚」というテーマは、今はもう特殊事例だ。それでも、男と女の愛にはいろいろな条件があって、厳しいものだ。そこで人生の激しい葛藤《かっとう》が生まれる。

●月×日

世界の雰囲気が本当に戦争へ向かっている。人類が、日本人を含めて相当、動揺している。そのときに、なぜ今、谷崎潤一郎が重要なのか。

谷崎は1908年（明治41年）に、東京帝国大学国文科《こくぶん》に入学した（22歳）。その2年後（1910年、明治43年）には、東京帝大生が中心の文芸同人誌「新思潮《しんしちょう》」（第2次）に参加して、『刺青《しせい》』や『麒麟《きりん》』を発表した。このとき谷崎は24歳だ。それからずっと、79歳で死ぬまで書き続けた。

谷崎は、日本の戦争が始まる前から作品を書いて発表していた。日本の戦争は、15年戦争である。1931年（昭和6年）9月18日の満洲《まんしゆう》事変から始まった。1937年（昭和12年）から本格的な日中戦争となり、そして最後の4年間が太平洋戦争だ。1945年（昭和20年）8月に日本が無条件降伏して終わった。

太平洋戦争は、1941年（昭和16年）12月8日の真珠湾《しんじゆわん》攻撃からだ。日本は英・米・オランダと開戦した。激しい戦いに入って、日本の兵隊がたくさん死んだ。そのときの日本国民は、男も女も戦争に動員された。男は40歳まで召集《しようしゆう》されて戦地に行った。やがて本土への空襲（エア・レイド air raid）で民間人もたくさん死んだ。死者は合計で310万人だが、そのうち兵士軍属《ぐんぞく》としての戦死者数は230万人ぐらいだ。

そして当時の文学者のほとんどが、戦争の翼賛《よくさん》体制（戦争支援体制）に入っていった。軍部が主導して、1942年（昭和17年）に、「日本文学報国会《にほんぶんがくほうこくかい》」と「大日本言論報国会《だいにほんげんろんほうこくかい》」という2つの組織を作った。この文学と言論の報国会は、全員が戦争を賛美する文学者や評論家たちの団体だ。会長は2つとも徳富蘇峰《とくとみそほう》（1863－1957）だった。この男については後述する。こうして日本は戦争体制に突入していったのだ。

前に書いたが、与謝野晶子という女流文学者がいる。1878年（明治11年）の生まれだから、谷崎より8歳上である。1942年（昭和17年）に63歳で死んだ。この与謝野晶子の旦那《だんな》が同じ歌人の鉄幹《てつかん》だ。鉄幹には奥さんがいたのだが、別れて晶子と結婚した。そして子供が12人（男6人、女6人）も生まれた。

朝日新聞社

与謝野晶子と鉄幹夫妻（1930年ごろ）

与謝野晶子は、日露《にちろ》戦争が始まった1904年（明治37年）に、「君《きみ》死にたまふことなかれ」という歌を詠《よ》んで一躍有名になった。

ああをとうと（弟）よ、君《きみ》を泣く、
君死にたまふことなかれ、
末《すえ》に生れし君なれば
親のなさけ（情）はまさ（勝）りしも、

（鹿野政直・香内信子編『与謝野晶子評論集』岩波文庫。※注記と原典以外の振り仮名は引用者。以下同様）

こう言って、日露戦争に反対した。与

謝野晶子の弟は召集されて、戦地の旅順《りょじゅん》にいた。この歌は、弟を思いやる反戦の歌ということで、爆発的にヒットした。だが、本当の隠された意味は違う。この「君《きみ》」には二重の意味を持たせた。「君」は天皇陛下自身のことなのだ。弟（をとうと）だけではない。晶子は、「天子《てんし》さまは、自《みず》からは戦地に行きません」と歌ったのだ。これで、日本国民が泣いた。このとき、女流文学者の与謝野晶子を、警察は弾圧する（虐《いじ》める）ことができなかった。

この「君死にたまふことなかれ」から38年後の1942年（昭和17年）に晶子が詠んだ歌は、反戦ではなくなった。

「水軍《すいぐん》（海軍）の　大尉となりて　わが四郎《しろう》　み軍《いくさ》に往《ゆ》く　猛《たけ》く戦へ」と、出征した息子（四郎とは四男のこと）を励ましている。この前年に太平洋戦争が開戦していた。

これが前述した、女たちの「銃後の守り」である。女たちも本気になって、軍隊を応援した。慰問団として外国の戦地まで行った女優たちもいる。戦後に婦人・女性解放運動のリーダーのようになった市川房枝とか、平塚らいてうも、みんな戦争を支持した。

ところが谷崎は、戦争を賛美しなかった。ただし反戦も言わなかった。ただひたすら自らの美意識《びいしき》を追求して、自分の女性愛の性的な世界の追求に一貫した。そのことが戦後、高く評価されて、どかーんと評価が上がった。

戦争を賛美した知識人と戦後を先取りした知識人

●月×日

日本の戦争を礼賛《らいさん》して軍部に追随《ついずい》した知識人たちの中で、一番のワルは、日本文学報国会と大日本言論報国会の会長に推《お》されてなった徳富蘇峰だ。前で書いた。山縣有朋《やまがたありとも》や桂太郎《かつらたろう》たち政治家にベッタリとくっついて、大政翼賛会《たいせいよくさんかい》の大幹部にもなった御用《ごよう》言論人の親分である。戦後、評判がかなり悪くなった。進駐軍（米軍）にA級戦犯《せんぱん》（戦争犯罪人）の指定（デジグネイション）は受けたが、収監・起訴されることはなかった。

徳富蘇峰は戦後も、陽明学者《ようめいがくしゃ》を気取って、死ぬまで本を書き続けたが、もう世の中から相手にされなかった。

ところが、蘇峰の実弟の徳冨蘆花《とくとみろか》（健次郎《けんじろう》）は、兄の蘇峰とは違って偉い文学者である。尊敬するレフ・トルストイ（Lev Nikolayevich Tolstoy）に、ロシア（モスクワから200キロ南のヤースナヤ・ポリャーナ）まで会いに行った。それぐらい気合いが入っていた。農地開放を唱えたトルストイの教えに従って、「土に生きる」人生を送った。東京の千歳村《ちとせ》（今の世田谷区）に移り住んで、農夫たちと農作業をした。現在の蘆花恒春園《ろかこうしゅんえん》である。

もう1人、偉かったのは作家の有島武郎《ありしまたけお》だ。有島は、父親から継いだ自分の農地（有島農場。北海道虻田郡狩太村《あぶたかりぶと》。洞爺湖《とうやこ》の北、羊蹄山《ようていざん》の麓《ふもと》）を、貧しいかわいそうな小作農《こさくのう》たちに無償で分け与えて、共同耕作地にした。農地をいち早く開放した。1922年（大正11年）のことだ。

このころは寄生大地主《きせいおおじぬし》制度と言って、都会の不在地主（華族や財閥）が小作人たちに重たい小作料を課して搾取《さくしゅ》していた。有島は小作人たちの苦しい生活を見かねて、農地開放運動を実行したのだ。『カインの末裔《まつえい》』（1917年）を書いて苦しんでいた

徳冨蘆花

徳富蘇峰

武者小路実篤

有島武郎

国立国会図書館「近代日本人の肖像」

有島は、この農地開放の翌年（1923年、大正12年）に、出版社の女性記者と軽井《かるい》沢《ざわ》の別荘で首つり自殺した。

有島は内村鑑三《うちむらかんぞう》（1861－1930）の一番弟子だった。内村鑑三は、「自殺するのはキリスト教者として許せない」と言って有島を非難した。有島は内村の教えと影響でキリスト教に入信していた。この有島武郎と徳冨蘆花は本当に偉かったと思う。

それから、「新しき村」運動というのを始めた武者小路実篤《むしやのこうじさねあつ》（1885－1976）がいる。寄生大地主制度があまりにもひどいので、1918年（大正7年）から、小作人たちが集団農場で共同で暮らせる仕組みを作って実践した。

敗戦後、マッカーサー元帥《げんすい》の占領軍が、ただちに日本の農地開放を行なった。1947年（昭和22年）に農地改革法（改正農地調整法《ちょうせいほう》と自作農創設《じさくのうそうせつ》特別措置法）が施行された。有島の農地開放から25年後のことである。人よりも早く、どんなに周囲から非難されようとも、自ら信じる正義の行動を取ることができる人間が偉大なのである。

戦後の1947年の農地開放のとき、まだ日本には国会がない。明治憲法は停止していた。占領軍政府司令官の命令（マンダトリー）で農地開放をやった。不在地主から土地を全部取り上げて、実際にその土地を耕《たがや》していた小作人たちに分け与えた。1人あたり1町歩《ちょうぶ》（1ヘクタール）ずつあげた。これで日本の地主制度が解体されて、小作人たちは自作農《じさくのう》になった。

自作農になった500万人の農民たちが、その後の日本の保守（自民党）政治の土台となった。今の農協（農業協同組合。JA《ジェイエイ》）の幹部たちは、ほとんどが元小作人だ。旧《きゅう》地主階級は没落した。

●月×日

谷崎は、戦争にのめり込まないで、自分の美意識と女性への愛だけを描き続けることで生きた。戦争中は何をやっていたかというと、前半は『源氏物語』の現代語訳に没頭した。後半は『細雪』を書き続けたのである。

『細雪』は「中央公論」という雑誌に連載した。第1回の掲載は、1943年（昭和18年）の「中央公論」1月号で、第2回が3月号だった。ところが、6月号に予定していた第3回は、掲載が止められてしまう。日本の軍部（陸軍情報部）が、『細雪』について、「戦時の今において、内容が不適切である（けしからん）」と弾圧《だんあつ》したのだ。

谷崎は、作品を発表する場を失ってしまった。それでも原稿を書き続けて、中央公論社は原稿料を払い続けた。谷崎がご飯を食べられるように支援したのは、中央公論社の嶋中雄作《しまなかゆうさく》という社主である。嶋中は、戦後（1949年）に死んで、息子の鵬二《ほうじ》が中央公論社を継いだ。谷崎の『細雪』第1巻（上巻）は、1946年（昭和21年）6月に中央公論社から出版されて、その日のうちに完売した。人々は、敗戦の苦しみの中で、戦争を賛美しない文章に飢《う》えていた。


嶋中雄作の盟友《めいゆう》に、『暗黒日記《あんこくにっき》』を書いた評論家の清沢洌《きよさわきよし》がいる。それから東洋経済新報社の言論人で、戦後の1956年（昭和31年）に、第55代首相になった石橋湛山《いしばしたんざん》（首相在任はわずか2カ月）も、嶋中雄作の同志だった。

清沢や嶋中、そして彼らの同志たちは、戦争中、石橋の東洋経済新報社のビル（現在も日本銀行のそばにある）に集まって、研究会を続けた。毎週のように研究発表をした。彼らは世界の動きが分かる自由主義者として、戦争を嫌がった。とても反対などできない。

私は、前著『日本は戦争に連れてゆかれる――狂人日記２０２０』（２０２０年8月刊、祥伝社新書）で、この研究会に参加した人名を列挙した。以下に再掲する。

馬場恒吾《ばばつねご》（ジャパンタイムズ編集長。戦後、読売新聞社社長も）
嶋中雄作（中央公論社社長）
谷川徹三《たにかわてつぞう》（哲学者）
長谷川如是閑《はせがわにょぜかん》（評論家）
芦田均《あしだひとし》（第47代首相。戦後、吉田茂《よしだしげる》の評判が悪い時期に、7カ月間だけなった）
小林一三《こばやしいちぞう》（東宝、阪急電鉄、東京電灯《でんとう》＝後《のち》の東電の創業者）
片岡鉄兵《かたおかてっぺい》（横光利一《よこみつりいち》や川端康成《かわばたやすなり》たち新感覚派《しんかんかくは》の作家。左翼になり転向《てんこう》）
三木清《みききよし》（京大の哲学者。私の先生の久野収《くのおさむ》の先輩。敗戦間近《まぢか》に策略で捕《つか》まり獄死）
田中耕太郎《たなかこうたろう》（法学者。戦後、最高裁長官になった）

高橋亀吉《たかはしかめきち》（経済ジャーナリストで優れた政策家）
正宗白鳥《まさむねはくちょう》（自然主義の小説家、文芸評論家）
徳田秋声《とくだしゅうせい》（彼も自然主義の小説家）
蠟山政道《ろうやままさみち》（東大の行政学の権威）
柳田國男《やなぎたくにお》（民俗学者）
正木《まさき》ひろし（弁護士）

彼らは戦争中に、自由主義者として、しぶとく細々《ほそぼそ》と粘《ねば》り強く論陣を張って、戦争を嫌がった。このような人たちが日本にいたのである。優れた見識を持った人々である。

●月×日

嶋中雄作は、谷崎を大事にした。戦争前には『文章讀本《ぶんしょうどくほん》』（1934年、昭和9年）や、『源氏物語』の現代語訳である『潤一郎訳源氏物語』を1939年（昭和14年）

から1941年（昭和16年）にかけて出版した。この「谷崎源氏」は戦後、「新訳」と「新々訳」が同じく中央公論社から出ている。

「新々訳」で谷崎は、本当に、真実の『源氏物語』の秘密を解き明かそうとした。主人公の光源氏《ひかるげんじ》（光る君《ひかるきみ》）、すなわち藤原道長《ふじわらのみちなが》は、若いとき村上《むらかみ》天皇の女御《にょうご》（皇后）と交わり（不義密通《みっつう》）、一条《いちじょう》天皇の実父であったという真実を谷崎は書こうとした。『源氏物語』（西暦1008年ごろ成立）の桐壺帝《きりつぼてい》とは村上天皇であり、少年の光源氏が恋《こい》焦《こ》がれて慕《した》った藤壺中宮《ふじつぼのちゅうぐう》は、道長の叔母の藤原安子《あんし》である。

谷崎は、近親相姦《きんしんそうかん》（incest《インセスト》 taboo《タブー》）の愛の中に、最高の男女の愛があることを追究したのである。この『源氏物語』の理解は、今の日本の国文学界でも禁忌（タブー）にされている。

嶋中は戦争中、前述したように、発表できない『細雪』を谷崎に執筆させて、原稿料を払い続けた。すでに谷崎は文学者としての名声を得ていたから、それほど貧乏ではなかった。しかし、それでも戦争中には、原稿料収入で食べてゆくのは大変なことだ。谷崎は自分の創作意欲をかき立てるために、同棲するごく近親の女性たちとの密《ひそ》かな愛を描くことで、戦時下を生き延《の》びた。

谷崎は戦争に反対したわけではない。戦争に関わらないで、自分の文学芸術の世界に没頭することで、人間の普遍性を描ききった。このことがものすごく重要なのだ。

谷崎は1886年（明治19年）7月24日に、東京の日本橋蛎殻町《にほんばしかきがらちょう》に生まれた。今の人形町《にんぎょうちょう》である。人形町は江戸以来の商業地域で、芝居小屋が並ぶ繁華街だった。「元葭原《もとよしはら》」と言って、浅草《あさくさ》の地に移る前の遊郭《ゆうかく》が軒を連《つら》ねてもいた。陰間茶屋《かげまぢゃや》という男色《だんしょく》専門の待合《まちあい》があった。明暦《めいれき》の大火（1657年）を幕府が計画して、遊郭は吉原《よしわら》（今の台東区千束《せんぞく》。ソープランド街）に移った。谷崎が生まれたころの人形町は、芸妓《げいぎ》の置屋《おきや》とか、お茶屋が集中する花街《かがい》（プロはわざと「かがい」と呼んだ）として繁盛した。だから谷崎は、東京の男女の愛の世界を少年のころから知っていたのである。

府立一中（今の都立日比谷《ひびや》高校）から旧制一高《いちこう》、そして東京帝国大学国文科へと進んだ谷崎は、前述したように1910年（明治43年）、同人誌の第2次「新思潮」に

『刺青』や『麒麟』を発表して評判を取り、文芸作家になってゆく（24歳）。

　当時の日本には、フランス文学やイギリス文学、ドイツ文学が、翻訳されてどんどん入ってきていた。帝国大学の教授たちがたくさんの作品を翻訳した。だから谷崎も、これらの外国文学の日本語訳を読んでいる。しかし、あくまで日本的な美意識を独自に追求した。


　前述したが、『細雪』は「中央公論」に2回、連載したところで掲載中止となった。軍部の言論統制で検閲《けんえつ》を食らった。それでも谷崎は、この言論弾圧に激しく抗議して争うわけでもなく、緩《ゆる》やかな抵抗をしただけだ。この後も黙々と原稿を書き続けて、私家版《しかばん》というかたちで自費出版したのである。

　この私家版の『細雪』は大阪で印刷した。200部限定の非売品で、周《まわ》りの友人や知人たちに贈呈した。1944年（昭和19年）7月、日本が敗戦する1年前のことだ。本当は、中央公論社の嶋中雄作が印刷してくれたのである。この抵抗に怒った軍部は、中央公論社に解散を命令した。会社が潰《つぶ》されたのである。それでも敗戦後、中央公論社は即座に蘇《よみがえ》った。私は出版人の嶋中雄作を心から尊敬する。

谷崎が私家版の『細雪』を作った昭和19年7月、サイパン島で日本の守備隊3万人が玉砕《ぎょくさい》（全滅）し、東条英機《とうじょうひでき》内閣が総辞職した。日本は、1945年（昭和20年）8月、連合国《ユナイテッド・ネイションズ》側に無条件降伏（アンコンディショナル・サレンダー）した。国土は焼け野原になった。その直後から谷崎の作品が、生き延びた読書人層に爆発的に読まれるようになった。

ハーレム

●月×日

谷崎が自費出版しておいた私家版の『細雪』は、1946年（昭和21年）6月に、『細雪　上巻』として中央公論社から刊行された。以後、GHQ《ジーエイチキュー》（連合国軍最高司令官総司令部。本当は、SCAP《スキャップ》 Supreme《スプリーム》 Commander《コマンダー》 for《フォ》 the《ジ》 Allied《アライド》 Powers《パウアズ》と言う）からの検閲を受けたが、問題なく1年ごとに中巻と下巻を出版した。1949年（昭和

24年）12月に、上、中、下巻をまとめた『細雪　全巻』を出した。よく読まれた。

前に書いたように、私は何かに取り憑《つ》かれたようにして、神戸の倚松庵《いしょうあん》に行った。谷崎は1936年（昭和11年）11月から1943年（昭和18年）11月までの7年間を、ここで暮らした。50歳から57歳までだ。谷崎は人生で40回以上も、あちこち引っ越して回っている。この倚松庵が『細雪』の舞台であることは、よく知られている。

木造2階建ての日本家屋だが、今ある倚松庵は、もともと建っていた場所から150メートルほど北に移築されたものだ。1990年（平成2年）、神戸市が新交通システム（六甲ライナー）を作ったときに、北方に移した。

倚松庵は、小さな道を挟《はさ》んで住吉《すみよし》川という立派な川に面している。この住吉川が1938年（昭和13年）7月に、大雨で氾濫《はんらん》した。まさしく谷崎が住んでいたときである。上流の六甲山《ろっこうさん》で山崩れが起きて、住吉川だけでなく一帯の川には土石流《どせきりゅう》が発生した。大きな岩が、ごろごろと転がってきた。約700人が死んだという、この水害のことを谷崎は『細雪』に取り入れている。

……普通の洪水と違うのは、六甲の山奥から溢《あふ》れ出した山津浪《やまつなみ》なので、真っ白な波頭《はとう》を立てた怒濤《どとう》が飛沫《ひまつ》を上げながら後から後からと押し寄せて来つつあって、恰《あたか》も全体が沸々《ふつふつ》と煮えくり返る湯のように見える。

（『細雪　中巻』新潮文庫）

私は実際に神戸に行って、この辺りを歩いて回っていろいろと分かった。名門校の灘《なだ》中、灘高の屋根も見えた。自分で現場に足を運び、自分の目で見て、当事者に話を聞き、自分の脳で考えなければ、真実というものにたどり着くことはできない。自室に閉じこもり、インターネット上に浮遊《ふゆう》する情報だけを集めて、切り貼りしただけの文章（「コタツ記事」と言うらしい）を、私は相手にしない。

芦屋市谷崎潤一郎記念館提供

前列（座っている）左が松子。その右隣に長女の朝子。後列左から信子、重子、松子の前夫との娘・恵美子（昭和25年撮影）

●月×日

１９３５年（昭和10年）に谷崎と松子が晴れて正式の夫婦となって（もう日陰者の内縁ではない）、翌１９３６年からこの家で暮らし始めたとき、いくら男女の愛を貫《つらぬ》くといっても、もはや若い男と女ではない。

谷崎と松子が出会ったのは１９２７年（昭和２年）である。このとき谷崎は41歳で、松子は24歳だ。17歳の年齢の差がある。このことは次章で書くが、２人を引き合わせたのは芥川龍之介《あくたがわりゅうのすけ》である。

谷崎と知り合ったとき、松子には夫がいた。根津清太郎《ねづせいたろう》という船場《せんば》の大店《おおだな》の息子で、家業は綿製品の問屋と貿易商を営《いとな》んでいた。財閥というほどではないが、10ヘクタールぐらいある靭《うつぼ》公園（大阪市西区）の土地を持っていたぐらいの豪商だ。松子はこの根津家に20歳で嫁《とつ》いでいる。子どもを2人、産んだ。

前述したが、松子の実家は森田家という。父親は江戸時代から続く大きな造船所の専務で、資産家だったようだ。日本海軍の軍艦や鉄道の車両を製造していた。再度書くが、この森田家の娘たちが『細雪』の四姉妹（蒔岡《まきおか》家の姉妹。ザ・マキオカ・シスターズ）のモデルだ。松子は二女で、長女が姉の朝子《あさこ》、妹の三女が重子《しげこ》、末娘の四女が信子《のぶこ》だ。それぞれ年齢が4歳ぐらいずつ離れている。

長女の朝子には三菱《みつびし》商事勤務の男が婿《むこ》養子に入った。『細雪』では、銀行員を養子にもらって本家を継いだとなっている。整理すると、『細雪』では朝子（長女）が鶴子《つるこ》、松子（二女）が幸子《さちこ》（御寮人《ごりょうん》さん）、重子（三女）が雪子《ゆきこ》（きあんちゃん）、信子（四女）が妙子《たえこ》（こいさん）である（P15の図参照）。

●月×日

谷崎が森田家の女たちと暮らした倚松庵は、土曜と日曜だけだが、無料で公開されている。私は実際に行って、その間取《まど》りが思ったほど大きくないことに驚いた。今の

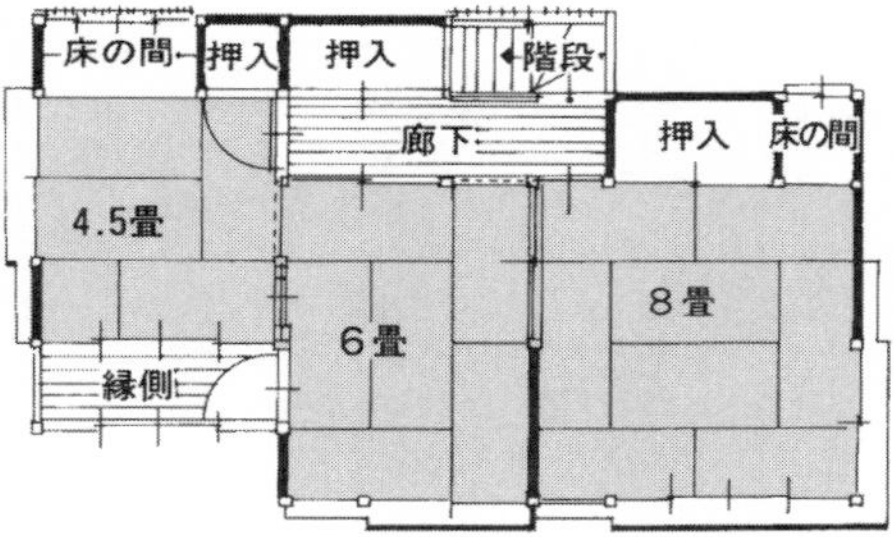

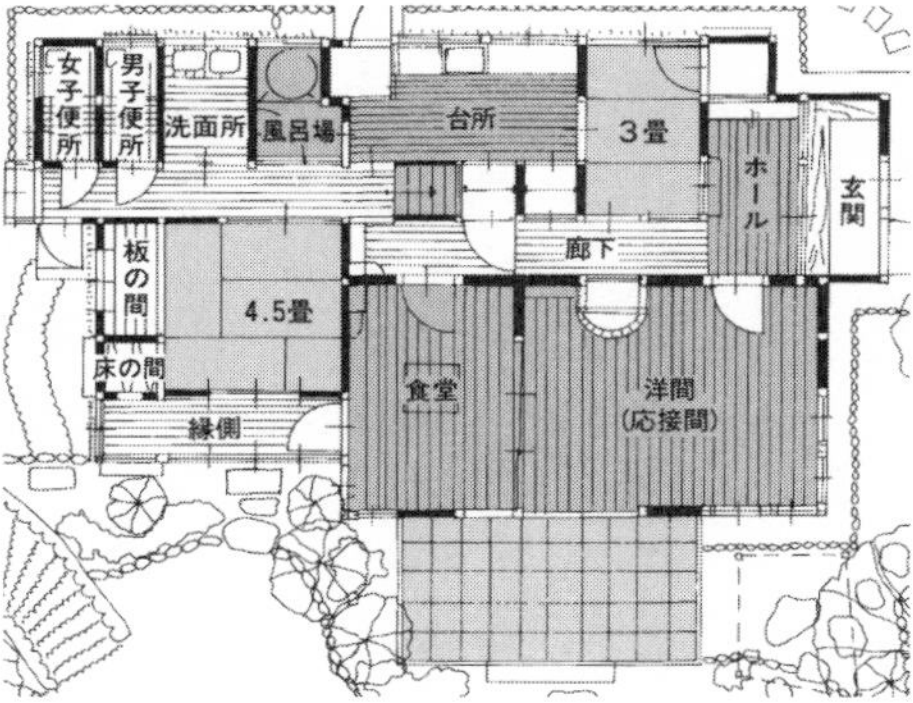

倚松庵の間取り。上が2階、下が1階。
左写真は1階の食堂

神戸市提供

日本人の感覚からすれば狭苦しい。写真では、広角レンズで撮るから広く見えるが、実物は狭い感じである。

それでも、当時はお屋敷である。隣に住んでいたベルギー人（家主《やぬし》の夫。後述する）の工夫《くふう》というか趣味が反映されて、西洋風でもある。

2階には8畳、6畳、4畳半の3部屋があって、それぞれの居室だ。1階は玄関を上がると、すぐ左が応接間になっている。床《ゆか》は畳ではなくて板敷《いたじき》の洋間である。応接セットと暖炉がある。その隣が、やはり洋間の食堂で、洋風の椅子とテーブルが置かれている。その反対側に小さな台所と風呂（人がようやく1人、入れる程度の五右衛門《ごえもん》風呂）がある。

風呂場の向かい側には4畳半の和室がある。谷崎は、松子と重子と信子が、この4畳半の奥の部屋でよくごろごろしていたと書いている。


幸子を始め三人の姉妹たちは、西洋間の方を子供たちの遊び場所に明け渡して、昼間は大概《たいがい》食堂の西隣の、六畳の日本間へ来てごろごろしていた。

（『細雪　中巻』新潮文庫）

「六畳の日本間」と書いているが、倚松庵の部屋は4畳半で、そこに縁側《えんがわ》と板の間が付いている。

〝ええとこのお嬢さま方〟が、そんな部屋でごろごろしていたのだ。

P41の図に示したように、玄関口にわずか3畳の部屋がある。そこに女中《じょちゅう》が3人（多いときには5人）いたという。ようやく寝ることができる狭さである。それでも昔の女中は、貧乏な家の出であるから、寝るところと食べる物があって、それから奥様から古着の着物をもらえれば最高だった。そして、同じ下層の男と18歳で結婚していければ幸福だったのである。

だから倚松庵のお嬢さまたちも、ごろごろしていた。大事なのは、彼女たちがどんな姿で「ごろごろして」いたかということだ。とくに夏は暑いから、浴衣《ゆかた》1枚で過ごしていただろう。クーラー（エアコン）どころか、まだ扇風機もろくにない時代である。パンティのような下着もない時代で、生理やおりものがあったとき、女たちはいったいどうしていたのか。

裸に腰巻《こしまき》1枚を着《つ》けただけの女を描いた江戸時代の浮世絵があるが、やはり私は、女も褌《ふんどし》のようなものを締《し》めていたと思う。そうでなければ理屈が合わない。このことを誰も書いていない。小説家たちも誰も真実を書かない。

谷崎は、倚松庵に暮らす女たちの裸をちらちら見ていたはずである。いや、ちらちらというより、丸見えだっただろう。女たちは浴衣1枚でごろごろして、みんなでわいわいやっていたというのだから、胸がはだければおっぱいが見えるし、裾《すそ》が乱れれば陰毛まで見えたのではないかと思う。それぐらい、谷崎と『細雪』の女たちは密着して、7年間をこの家で暮らしたのだ。


私が倚松庵を訪れたとき、神戸市の係の女性が2人いた。私のことを知ってくれていて、まさしくこの奥の部屋でお茶を出してくれた。一言、こう言った。

「ここは谷崎のハーレムですよ」と。

谷崎と、いつも8人ぐらいいる女たちとの親密な暮らしだった。私は谷崎の『細雪』を、上品な上流階級の女性たちの優雅な暮らしぶり（映画ではそうなる）とだけで読まない。

●月×日

倚松庵は、もともと神戸のベルギー領事館に勤務していたベルギー人（レノールという）と、日本人の奥さん（後藤《ごとう》ムメという）が、自分たちが住むために、1929年（昭和4年）に建てた家だ。そこに谷崎が、「この家を貸してほしい」と頼み込んで、引っ越してきたのが1936年（昭和11年）11月21日である。家賃は85円だった。当時の85円は、今ならいくらなのか。

1万倍で85万円という数字が出てくる。だが、本当は85万円では済まない。このことを日本人が分かっていない。なぜなら、私が5年前に住んでいた汐留《しおどめ》（東京都港区）の高級タワーレジデンスは、床面積100平米（30坪）で家賃が100万円だった。倚松庵はP41の図のように、一戸建《いっこだ》てで6DKである。

立派な大きなお屋敷の一戸建ての家が今、賃貸《ちんたい》でいくらするか。郊外なら月85万円もあるだろう。だが、都心の高層建築（タワーレジデンス）の最上階のペントハウスは、床面積300平米（90坪）で300万円だ。400平米（120坪）なら400万円だ。だから、谷崎の倚松庵の賃料85円（昭和11年）は、単に今の85万円では済まない。

こういうことを日本人が実感で分からないのが問題だ。歴史の過去の世界を、有《あ》り有《あ》りと実感で分かるように知識人が書かなければいけないのだ。だから倚松庵の家賃は、今に直せば300万円だろう。

物の値段（価格）のことで付け加えると、倚松庵の3畳間にいた女中さんたちは、1年間のお給金《きゅうきん》が30円だ。1万倍すると、今の値段で30万円だ。普通の職人が月給で10円ぐらいである。下級官吏が月給12円（今の12万円）である。それでも、貧しい家から10歳そこそこで都会に出てきた女中さんたちは、前述したように寝る場所があって、奥様から古着をもらえれば、それでよかった。戦後でも、中学校を卒業して15歳で働きに出たら、月給は今の6万円ぐらいだ。

『細雪』の姉妹たちには、三女、四女の分まで、親が嫁入り資金として2000円ぐらいを用意してくれていた。この2000円のことが『細雪』には書かれていない。

長女の朝子（『細雪』では鶴子）は堅実な人で、財閥系銀行の支店長（『細雪』では辰雄《たつお》）を婿養子《むこようし》にもらって、本家のお屋敷に残った。二女の松子（『細雪』では幸子）も婿養子を取って分家を作るのだが、この貞之助《ていのすけ》という婿養子が谷崎である。

銀行員である長女の婿養子（辰雄）が、三女や四女に「早く結婚しろ、結婚しろ」とうるさかった。嫁入り資金は親が用意してくれている。この2000円が、今の2000万円だ。

三女の重子（雪子）も四女の信子（妙子）も、早く結婚しなければならない。それが嫌で嫌でしょうがなかった。義理のお兄さんから「さっさと結婚しなさい」と言われたくない。だから、神戸の二女の松子のところに転がり込んできて、皆で暮らしていた。それでも演奏会とか催《もよお》し物があると、きれいに着飾って出かけてゆく。家事はまったくやらない。すべて女中がやる。それが船場《せんば》の大店《おおだな》（商家）の娘たちの、当然の振る舞いであった。それが谷崎の描いた四姉妹の凄《すご》さだ。

共同幻想

●月×日

1943年（昭和18年）11月、谷崎たちは倚松庵から目と鼻の先の、住吉川を渡った魚崎《うおざき》という場所に引っ越した。ところが、それから半年もしないうちに静岡県の熱海に移る。1944年（昭和19年）4月である。阪神にも空襲《くうしゅう》が迫っていた。谷崎は、その2年前の1942年（昭和17年）4月に、熱海の西山《にしやま》町に別荘を買っていた。

初めは自分の冬の仕事場として、1人でこの別荘を使っていた。だが、大阪や神戸もアメリカ軍の空襲で大きな被害を受けるようになった。だから、松子たちも熱海に呼び寄せた。疎開《そかい》生活である。この谷崎の疎開は、翌1945年（昭和20年）5月からの岡山での生活を経《へ》て、終戦後の1946年（昭和21年）11月に、京都（南禅寺下《なんぜんじしも》河原《かわら》町）へ転居するまで続く。

戦争が激しくなるにしたがって、都市部の裕福な層は、谷崎のように疎開をした。小学生は国家政策で集団疎開した。終戦で帰ってきたら、両親が死んでいたという悲惨きわまりない戦争孤児たちの話がある。国民は皆、厳しい生活を送った。だが、それでも「鬼畜米英《きちくべいえい》」「進め一億火《いちおくひ》の玉《たま》だ」で、戦争礼賛《らいさん》に最後までつき従った。戦地の日本兵は玉砕《ぎょくさい》覚悟で戦った。

ネオナチ思想で狂っている（英と米に狂わされている）としか、私、副島隆彦には思えない今のウクライナ兵たちも、死ぬ気だから勇敢だ。ウクライナ人は政府（本当は英と米）に騙《だま》されて戦争をしているのだ、と私が言っても、誰も耳を傾《かたむ》けてくれない。

一方、当事者のロシア国民の多くも、自分も何かあったら死ななければいけない、という気になって、一致団結して、「銃後《じゅうご》の守り」をしている。ロシアの母親たちは、息子たちが18歳になって前線に行くことを、「それがロシア人として、一人前の男になることだ」と戦場に送り出しているという。日本の愛国の母たちもそうだった。

私、副島隆彦の母親（1925年、大正14年生）は、戦中派で、戦争中はモンペを穿《は》いた女学校の生徒だ。女子挺身隊員《ていしんたいいん》になって、防空訓練や、「エイ、ヤー」と竹やり訓練をしている。私の母は、私に「愛国の花」という1938年(昭和13年)の当時の歌を教えてくれた。

ましろき富士の　気高《けだか》さを
心の強い　楯《たて》として
御国《みくに》につくす　女等《おみなら》は
輝《かが》やく御代《みよ》の　山ざくら
地に咲き匂《にお》う　国の花
…………
かよわい力　よくあわせ
銃後にはげむ　凛々《りり》しさは
ゆかしく匂う　国の花

このような歌だ。あのときの日本人は、皆で狂っていた。集団で狂っていたのだと言えば、本当にそうなのだ。それが人類（人間）という、愚《おろ》かな生き物のすることだ。このように、冷静に冷酷に言える日本知識人も、いよいよ少なくなった。反戦平和の掛《か》け声も、めっきり聞かなくなった。

●月×日

人間は、どうかすると集団で狂う。集団発狂《しゅうだんはっきょう》する生物《いきもの》である。本当に集団暴走して、狂うときは狂う。

共同幻想《きょうどうげんそう》（マス・イルージョン mass illusion ）という言葉がある。宗教とか国家とか、すべて人間が集団として作る共同幻想である。芸能やスポーツで、何万人も集まってコンサートで熱狂するのも共同幻想である。動物には、このような集団でする狂躁《きょうそう》はない。人間（人類）に特有のものだ。私の先生の思想家の吉本隆明《よしもとたかあき》（1924-2012）が、提唱して論究した優れた理論である。

これを、ヨーロッパ最高の精神医学者（サイカイアトリスト psychiatrist ）のジークムント・フロイト（ Sigmund Freud 1856-1939）が、集団で起こす精神病の一種として解明した。

フロイトは、何百人もの精神病の患者を臨床《りんしょう》で診察し続けた。だが、フロイトが真に偉大だったのは、個々の精神病者の治療と症状の改善のために、精神分析学（サイコアナリシス psychoanalysis ）という臨床医学を築いたことではない（精神病者の治療はうまくいかなかった）。それよりも、人間という生き物は集団で発狂する、ということを発見したことでフロイトは偉大なのだ。

人間（人類）は、個々の遺伝性の精神病だけでなく、民族や国家単位で、集団で発狂するということを解明した。このことをフロイトは、『モーセと一神教』（*Der Mann Moses und die monotheistische Religion* 1939年刊）という本で初めて書いた。

この発見で、ジークムント・フロイトは、ただの精神医学者（サイカイアトリスト。精神科の医師）としてではなく、世界レベルの思想家（スィンカー thinker ）になったのだ。

日本の知識人たちは、このことが分かっていない。なぜフロイトが、これほどに今も重要視されているのかを。

フロイトは、**人間は個々人だけでなく、集団で精神病になる**ということを解き明かした。そして1933年に、ナチス・ドイツ政権という、ドイツ民族がまさしく集団発狂を始めたら、ウィーン大学のフロイトの研究所は、ナチスの突撃隊（SA《エスアー》）に襲撃を受けた。研究所は荒らされて、フロイトの著作はまとめて燃やされた。このような学問弾圧を受けながらも、フロイトは生きた。フロイトは国外に脱出しなかった。

人間は、ひとりひとりの精神病者（サイコパス　psychopath　）の問題だけでなく、もっと大きく民族《ネイション》や部族《トライブ》の国民国家《こくみんこっか》（ネイション・ステイト）が丸ごと、一気に集団で妄想《もうそう》を起こし、発狂することがある。

「自分たちは皆殺しにされる」と恐怖心に駆《か》られ、「敵が攻めてくる」と強度の被害《ひがい》妄想《もうそう》（パーセキューション・マニアック　persecution maniac　）に陥《おちい》って、集団で精神病に罹《かか》る生き物だ。この大きな事実を解明したがゆえに、フロイトは、20世紀の大《だい》思想家の1人になったのである。

●月×日

日本では、フロイトの全集の翻訳をして、フロイト学を専攻している、と自分では思い込んでいる学者たち自身が、このことに自覚がない。大きな思想理解《イデー》ができない。日本人というのは、今もこの程度の知能の人間たちの国だ。私のこの書き方に、要《い》らぬ不快感を持たないでほしい。

イギリスに、タヴィストック人間関係研究所（Tavistock Institute of Human Relations）という非営利の財団がある。この研究所は人類の集団発狂問題について、長年、重要な研究をしている。

このタヴィストック人間関係研究所の前身が、タヴィストック・クリニック（Tavistock clinic）だ。１９２０年に作られた。本当は１９０７年から始まっていた。現在は医療施設（タヴィストック・センター）ということになっている。この建物の正面にフロイト博士の銅像（スタテュー statue）が置かれている（P55の写真）。

このタヴィストック・クリニックに、実はヒトラーが2年間（6カ月という説もある）行っている。ウクライナのゼレンスキー大統領も、名前が変わった後のタヴィストック研究所に入れられている。いったい、ここで何が行なわれているのか。

日本人の精神医学者たちは、今も、誰も、このタヴィストック研究所の存在を知らない。日本人には、教えないことになっている。

タヴィストック・クリニック（精神医療研究所）は、収容した者たちを洗脳（ブレイン・ウォッシュあるいはマインド・コントロール）して、脳を完全に狂わされた一国の指導者たちを作る。そんな指導者を首相や大統領として頭に置かれた民族（国民）は、たまったものではない。外国との戦争をするように仕組まれて、引っ張っていかれる。

©Mike Peel
タヴィストック・クリニックにあるフロイト像

タヴィストック・クリニックは、ひとつの国民を集団発狂状態に陥《おとしい》れ、意識的、計画的に国家総動員《そうどういん》体制（フル・モービライゼーション　full mobilization ）に体制変更することを研究している。そのために、脳を狂わされた指導者を計画的に作るのである。非常に恐ろしいことだ。

人類（人間）が集団で陥《おちい》る共同幻想（マス・イルージョン）の病状が進行して、さらに症状が悪化（昂進《こうしん》）すると、それは集団発狂状態となる。今のウクライナ国民の4００万人ぐらいがそうだ。英と米によって、計画的に狂わされている。

ウクライナの人口は４４００万人だった。今、ウクライナには、もう半分の２４００万人の国民しかいない。いなくなった半分（２０００万人）のうちの１０００万人弱は、隣のポーランドと西側諸国に脱出、避難した。そして残り１０００万人ぐらいの、ロシア語をしゃべる者（ロシア系ウクライナ人）たちは、ロシア側に避難している。このうちの５４０万人が現在のウクライナ東部（ドンバス地方）の人々である。

大半の日本国民は、テレビのウクライナ戦争報道をあまり見なくなっている。ただ時々、戦争（戦況《せんきょう》）のニューズ報道が有《あ》ると、不安そうに聞いて映像を見ている。民衆とは、いつの時代もこういうものだ。

第3次世界大戦の予感

●月×日

日本とウクライナは8000キロ離れている。地球のほぼ反対側で、私たちの日本の、今の平穏無事《へいおんぶじ》な平和な暮らしがある。それでも、やはり、ふわふわした奇妙な感じが、私たちの日常にも、どこかから伝わってきて付きまとう。今、世界は戦争をしているのである。

そして、ますます、大きな戦争に繋《つな》がってゆきそうである。

だから私は、自分が戦争に向かうときの知識人としての心構えを習う（倣《なら》う）ために、谷崎潤一郎の霊魂、すなわち魂（スピリット）と霊（ソウル）に誘《いざな》われて、神戸の彼の旧宅の辺《あた》りをさ迷ったのだ。谷崎潤一郎は決して狂わなかった。戦争を翼賛《よくさん》（熱烈支持）しなかった。このことが大事なのだ。だから、戦後に大谷崎《だいたにざき》（おおたにざき）と呼ばれて、谷崎の小説作品は日本国民に愛され読まれた。

国民の集団発狂状態を引き起こすために、外国（英と米だ）の力によって計画的に作り出される指導者層を、厳しく警戒しなければいけない。脱洗脳しなければいけない。そのために、私、副島隆彦は孤軍奮闘で頑張っている。

考えてみれば、日露戦争（１９０４－１９０５）は、イギリス（大英帝国《ブリティッシュ・エンパイア》）によって深く計画され、実行されたものだ。イギリスが、ロシア皇帝ニコライ2世をまんまと騙《だま》して、極東《ファー・イースト》の日本にまで遠路（アフリカ南端を回り、インド洋を越えて）バルチック艦隊《フリート》（今もバルト海の飛び地カリーニングラードのロシア艦隊）を派遣した。

イギリス政府は、20万人のイギリス兵を極東に派兵する代わりに、時間をかけて、極東の日本人を幕末から周到に操《あやつ》って、手なずけて、強固に育て上げた。そして上手に、ロシアと戦争をさせた。今のウクライナとまったく同じではないか。日露戦争はイギリスが仕組んだ代理戦争だ。

そして同じく、この後の日本の大陸進出（中国侵略）も、WWⅡ《ワールドウォーセカンド》（第2次世界大戦）の一部としての太平洋戦争も、英と米が深く巧妙に準備して、日本人を「アジアの大国だ」とおだてておいてから、その後、集団発狂状態（被害妄想）に落として

ない。戦争をさせたのだ。私たちは今こそ、この英と米の大きな策略を見抜かなければいけない。

●月×日

今もウクライナ戦争（実際には、米欧〔西側《ザ・ウエスト》〕対《たい》ロシアの戦争）が続いている。この現実世界の、不安な空気の中で人類は生きている。この戦争は、簡単には終わらない。このまま第3次世界大戦にまで繋がるだろう。私はこのように予言している。

この世界の大きな動き（趨勢《すうせい》）に対して、日本ごときには何もできない。それでも、それでもだ。私たちは日本人として、世界に向かって大きな指針を示さなければいけない。

日本は、露と中（ロシアと中国）の帝国に付くことなく。かといって、アメリカ帝国の忠実な家来《けらい》、子分（すなわち属国《ぞっこく》）を今のまま続けることもなく。アメリカが密かに日本に置いている核兵器を日本から撤去させて。

そろそろアメリカの敗戦後78年の支配から、身を振りほどいて、私たちの日本国は、世界に向かって、今、私たちが持っている、平和憲法（憲法9条。戦力不保持。交戦権の否定。そして戦争そのものの放棄）の明文を振りかざすべきだ。

「世界戦争に向かっている、2つの勢力に対して言います。日本（人）は、もう戦争をしないと決めました。だから、どちらの勢力にも付きません。日本は中立国です。ですから、どうか東京で和平交渉（ピース・トークス　peace talks ）のための話し合いをしてください。何十回でもしてください。核戦争で人類を滅ぼしてはいけない」

という声を上げるべきなのだ。

それが、私たち日本人に課されている、そして世界に向かって貢献できる、これからの日本の、唯一の大きな仕事だ。私、副島隆彦は、今、真剣にこのように考えている。

2 戦争に背を向けた知識人たち

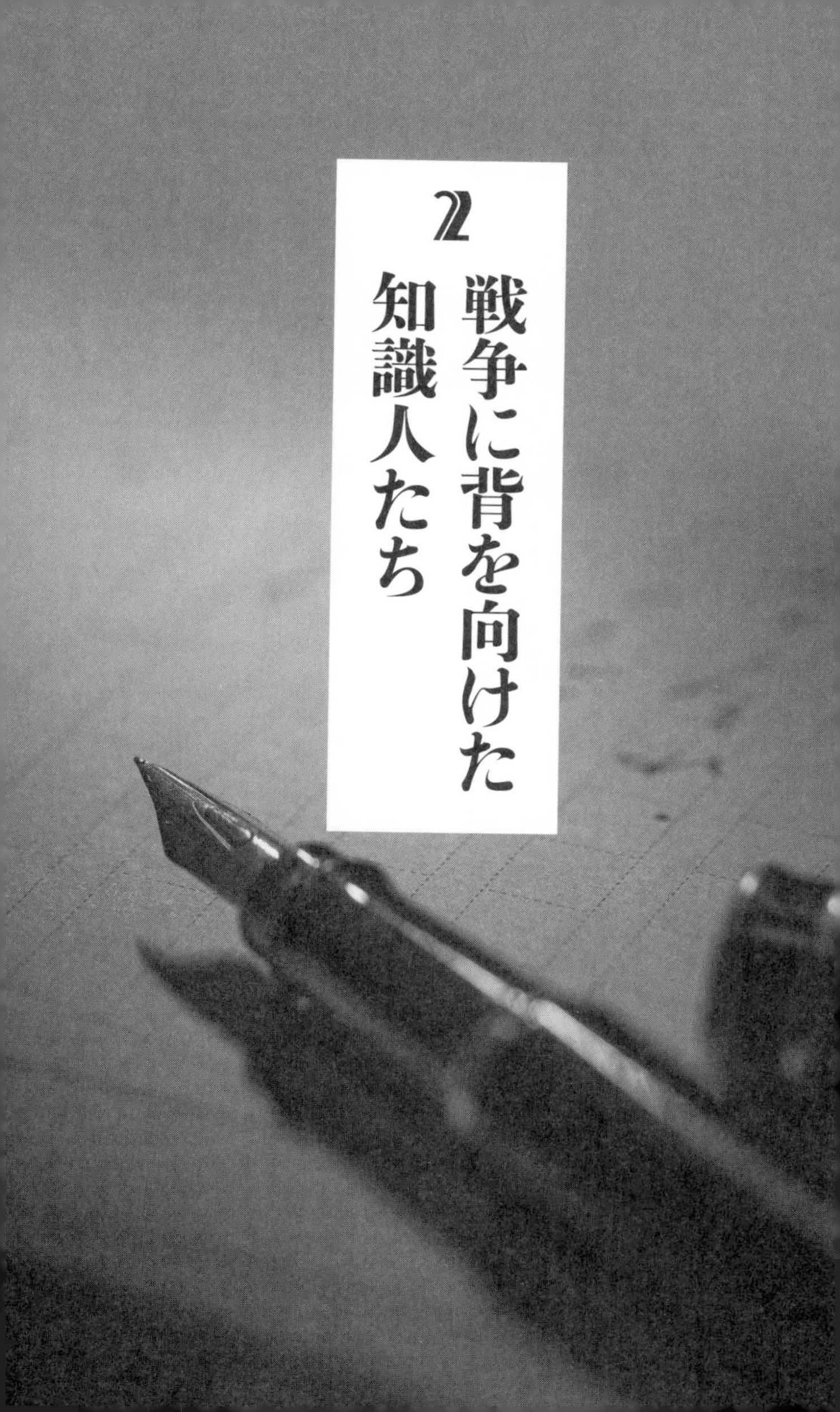

谷崎と芥川の文学論争

●月×日

ここまで、私は谷崎潤一郎《たにざきじゅんいちろう》を中心に書いてきた。谷崎は昭和の戦争に背中を向けて一切関わろうとしなかった。生涯、日本の小金持ち層（庶民より少し上層）の世界の、男と女たちの愛を中心に書いて生きた。

この生き方は処女作『刺青《しせい》』（24歳）、『痴人《ちじん》の愛』（38歳）、『春琴抄《しゅんきんしょう》』（47歳）、『細雪《ささめゆき》』（完結62歳）、そして戦後の『鍵《かぎ》』（70歳）、『瘋癲《ふうてん》老人日記』（75歳）まで一貫している。恐るべき一貫性である。今日は、１８８６年（明治19年）生まれの谷崎を中心にして、日本の大《だい》文学者、大《だい》作家たちが当時、生きた様子に迫ってゆく。

前のほうで少し書いたが、谷崎は１９２３年（大正12年）９月１日に起きた関東大震災を逃《のが》れて、家族（最初の妻とその妹。後述する）と京都そして神戸《こうべ》に移った。

関東大震災（震源は小田原《おだわら》沖）が起きたとき、谷崎は１人で箱根《はこね》のホテルにいたのだが、それまで住んでいた横浜《よこはま》の家は焼失した。箱根を脱出して品川《しながわ》まで帰り、船で神戸港へ行って、まず京都に住んだ。その年のうちに武庫《むこ》郡大社《たいしゃ》村（今の西宮《にしのみや》市）に移り、翌年の3月には同じ武庫郡の本山《もとやま》村（今の神戸市東灘《ひがしなだ》区）に引っ越した。

東京は壊滅したと考えた富裕層で、関西に移住した人々が多くいた。谷崎はその1人だ。自分の身の安全を何よりも優先するのが、谷崎の終生の習性である。こうして1927年（昭和2年）を迎える。谷崎は41歳になっていた。

朝日新聞社

芥川龍之介

ここで芥川龍之介《あくたがわりゅうのすけ》が登場する。1927年の3月1日だ。芥川は大阪にやってきて、旧知の友人である谷崎と人形浄瑠璃《じょうるり》の『心中天網島《しんじゅうてんのあみじま》』を鑑賞した。そのあと、千福《せんぷく》という旅館（お茶屋《ちゃや》、待合《まちあい》ともいう）に行って1泊する。女将《おかみ》は芥川の馴染《なじ》みであり、文学や芸術を理解する女性であった。

次の日（3月2日）、芥川が東京へ帰ろうとしているところに、松子《まつこ》（根津《ねづ》松子）が「有名な芥川先生に会いたい」と押しかけてきた。松子は、いわゆる文学少女で、芥川の大ファンだった。当時の文学者の周《まわ》りには、自分でも和歌を詠《よ》むような、インテリの女性たちがたくさんいた。それが明治、大正の気風《きふう》である。

松子は千福の女将から、芥川が千福にいることを知らされた。なぜ女将と松子が親しかったかというと、松子の夫の根津清太郎《せいたろう》が、お茶屋遊びをしていたからである。宴席の後、若い芸妓《げいぎ》の女性と同衾《どうきん》するのである。松子は風流人の夫の清太郎と一緒に、このお茶屋に出入りしていた。だから女将と仲良しだった。

谷崎はのちに、千福の女将から「文学好きでハイカラな奥さんが、先生方（谷崎と芥川のこと）に会いたがっている」と聞かされて、好奇心が湧《わ》いたと書いている。この席で、谷崎は松子と初見《しょけん》で出会った。

この席で、谷崎と芥川は最後の文学論争をする。女2人は、じっとその様子に見蕩《みと》れていた。

芥川は1892年（明治25年）生まれだから、谷崎より6歳下である。この芥川と谷崎の2人の関係で重要なことは、同年1927年の初めから、2人は小説の在《あ》り方（大衆迎合か純《じゅん》文学志向か）についての論争を始めていたという事実である。口喧嘩《くちげんか》ではない。真面目な議論である。

始まりは1927年1月に谷崎が書いた文章だった。そして翌月の2月に、新潮《しんちょう》社《しゃ》の座談会で、芥川が谷崎のこの文章を批判した。すると今度は谷崎が反論するという形で議論が続いたのである。

だから谷崎と芥川と、それから松子が会った3月のこのときも、谷崎と芥川の2人は文学論を闘わせていたのだ。松子が、このときのことを回想している。

初対面の挨拶《あいさつ》を交《か》わし、いさゝか上気《じょうき》しながら、先刻《せんこく》から続いていたらしいお二人の文学論を黙々《もくもく》ときいていた。

筋のない小説とかゞ盛んに話題になっているかと思うと、白秋《はくしゅう》、茂吉《もきち》、晶子《あきこ》の歌が論じられる。よく暗誦《あんしよう》が出来たものと（私は）感心してきいていた（略）。
（谷崎松子『倚松庵の夢』中央公論社）

このように、お茶屋の千福に松子が行ったとき、谷崎と芥川は小説の在り方についての議論をしていたのである。千福の女将と松子は、話の内容を深くまでは分からなかったが、その重要な議論の場にいたのだ。そしてその4カ月後に、芥川は東京で自殺している。

●月×日

お茶屋（東京では待合）の女将というのは、自分も芸者上がりの美人で、文学好きのインテリで、経営の才能もある女の人だ。芸妓を何人も抱えて、お茶屋（待合）を経営して金持ちの客に芸者遊びをさせる。待合には客が芸者（芸妓、芸子《げいこ》）と寝る部屋がある。**そこに芥川も遊びに行っていた**。それは許されていた習俗であり、男たちの自然な行動だった。このことは、日本の文学研究では今も言っては（書いては）いけないことになっている。

本当は、芸者というのは、厳密には三味線《しゃみせん》（楽器）を上手に弾《ひ》くことのできる女性のことである。踊り（舞い、立方《たちかた》）ならたいていの人ができる。しかし謡《うた》いと三味線（地方《じかた》）は、なかなか伎倆《ぎりょう》が必要で、芸妓たちでもできない。三味線が弾けると、50、60、70歳になってもお座敷で仕事がある。だから芸者（芸のある人）というのは、盛りを越した花街《かがい》の女性たちのことを指す。それが、いつの間にか「ゲイシャ・ガール」geisha girl となって世界中に広まり、日本国民もその本当の意味を忘れてしまった。芸者については後述する。

私は、お茶屋の千福があった辺《あた》りを調べて回った。今の大阪市中央区、心斎橋筋《しんさいばしすじ》から千日前《せんにちまえ》だ。もうお茶屋はまったく残っておらず、お好み焼き屋とたこ焼き屋ばかりになっている。ただし人だけはたくさんいて、ぞろぞろ歩いている。今の日本は30年も続く不況（不景気）で、すっかり貧乏になった。何の風情《ふぜい》もなくなった。

千日前の「千日」とは何のことなのか調べたら、近くにある法善寺《ほうぜんじ》という有名なお寺（今もある）が「千日寺」と呼ばれていたからだ。念仏を1000日間、唱《とな》えていたから千日寺で、その門前町《もんぜんまち》が千日前なのだ。東京では、まさしく日本橋人形町《にんぎょうちょう》だ。

谷崎と芥川の論争は、言論雑誌の「改造《かいぞう》」の誌上で、それぞれが自分の意見を書いた。谷崎は「饒舌録《じょうぜつろく》」、芥川は「文芸的な、余《あま》りに文芸的な」という連載を持っていたから、そこでの議論の応酬《おうしゅう》となった。3月、4月、5月、6月と続いた。

そして、なんと7月24日に芥川が自殺してしまう。谷崎は悄然《しょうぜん》として、東京へ芥川の葬式に行った。芥川はわずか35歳で死んだのだ。

社会主義運動の時代

●月×日

芥川龍之介は東京帝大の英文科に入った秀才だ。英語の本をたくさん読んで勉強し過ぎた。だから、神経症（昔は神経衰弱《すいじゃく》と言った）が高じて死んだ。

芥川は夏目漱石《なつめそうせき》の愛弟子《まなでし》だ。1915年（大正4年）12月に、芥川が同級生の岡田《おかだ》（林原《はやしばら》）耕三《こうぞう》と漱石の家（漱石山房《さんぼう》と言う）を訪れたのが出会いである。このとき、芥川は東京帝大の3年生（23歳）だった。前述した同人誌の「新思潮《しんしちょう》」に参加していて、同人に久米正雄《くめまさお》、菊池寛《きくちかん》、松岡譲《まつおかゆずる》たちがいた。

その中でも芥川は一番の秀才でインテリだった。漱石に出会う1年前の1914年（大正3年）5月に、22歳で「新思潮」に『老年《ろうねん》』という作品を発表している。これが芥川の処女作である。翌年（1915年）に『羅生門《らしょうもん》』を、その次の年（1916年）には『鼻《はな》』を書いた。この『鼻』を漱石が激賞した。

国立国会図書館「近代日本人の肖像」
夏目漱石

それに対して谷崎潤一郎は、東京帝大国文科を3年で中退している（1911年、明治44年）。芥川より6歳上である。大学教授などになる気はなくて、さっさと作家として自立してゆければいいと考えた。本を読むことを楽しみとする読書人の国民の間で、谷崎の評判はすでに立っていた。当時、本を読むということは大変な喜びであり、現在、私たちが考えているようなことではない。今の活字文化はスマホを弄《いじ》って140字とかを読むだけだ。

●月×日

芥川は1916年（大正5年）7月に、東京帝大の英文科を卒業した（24歳）。自殺する11年前だ。卒業論文は「ウィリアム・モリス研究」（*Young Morris*）という。このウィリアム・モリス William Morris はイギリスの社会主義者だ。モリスは、カール・マルクスの社会主義運動の、ロンドンにおける跡継ぎの1人だ。『ユートピアだより』（1890年）という優れた本を書いている。このことを日本の知識人が知らない。

ただしモリスは、激しい政治活動はしなかった。いつも仲間と人間（人類）の在《あ》るべき姿について議論をしていた。美術（アート）の世界で生きた人だ。自分の会社を作って、インテリアのデザイン（壁を装飾するタペストリーとか）をやったり、ファンタジー小説を書いたりした。それで資産も作ったのだが、社会主義者なのである。温厚で穏《おだ》やかで、ものすごく頭がよかった。このウィリアム・モリスを芥川は研究している。ここに芥川の偉大さがある。

芥川は、「社会主義は、理非曲直《りひきょくちょく》の問題ではない。単に一つの必然である」（『澄江堂雑記《ちょうこうどうざつき》』）と書いている。社会主義《ソウシャリズム》は正しい、間違いの問題ではない。人類は必然的にこの政治体制に行きつく、と鋭く洞察《どうさつ》した。

当時、日本でも社会主義思想が始まっていた。貧しい人たちを助けなければいけない。支配階級や大金持ちたちの横暴を許してはいけないという正当な考え方だ。芥川は、それを真っ当に評価してこのように書いていた。

だが、この後すぐにソビエト革命（ロシア革命。ボリシェヴィキ革命）が起きて（1917年、大正6年10月）、レーニン Vladimir Il'ich Lenin たちが権力を握ると、ぞっとするような残酷な独裁政治が始まり、たくさんの人間が死んだ。ロシアの貴族たちは命からがらモスクワやサンクトペテルブルクを脱出して、西側諸国《ザ・ウェスト》に亡命した。この残虐な問題が表に出てきた。

だから日本の文学者たちは、激しい懊悩《おうのう》の後、保守派になってゆく。それでも軟弱だった。太宰治《だざいおさむ》でも、1932年（昭和7年）まで思想転向（コンヴァージョン conversion 改宗）しなかった。

ただし、貧困層の不満分子（たとえば東京の印刷会社の職工《しょっこう》さんたち）は、学歴は中学校ぐらいだが、インテリで非常に頭がよかった。当時の中学生は、社会から秀才と見られていた。このような不満を持つ人たちの社会主義運動が、日本でも激しく起こっていった。

1928年（昭和3年）の「3・15」から、日本共産党への激しい政治弾圧が始まった。それでも時代の雰囲気と知識層の間では、圧倒的に社会主義的だった。日本の大《だい》文学者たちは、そこから次第に斜めにずれていって、保守的になった。

●月×日

前述したように、芥川は1916年（大正5年）東京帝大を卒業した（24歳）。帝大を出ると鎌倉《かまくら》に住んだ。横須賀《よこすか》にある海軍の学校（海軍機関《きかん》学校と言う）で英語を教えるために、そこから通った。

3年後の1919年（大正8年）には、27歳で大阪毎日新聞に入社した。ただ、出勤義務はなくて、年に何本かの小説を書いて紙面に載せればよかった。肩書は客員社員である。

このときの給料が、年間2000円ぐらいで、かなり高いものだった。今で言えば年収2000万円だ。先生の漱石も朝日新聞社から1年に3000円ぐらいもらっていたから、年収3000万円である。新聞に連載小説を書く作家というのは、それぐらいのエリートだったのだ。普通の職人（サラリーマンはまだいなかった）は年収で100円ぐらいだ。

こう考えると、すでに文豪だった漱石が、年収が今でたったの3000万円ということはない。きっと3億円はあったはずだ。

2年後の1921年（大正10年）に、芥川は大阪毎日新聞の海外視察員として中国に行った。３月30日に上海《シャンハイ》に到着、それから杭州《こうしゅう》、蘇州《そしゅう》、南京《ナンキン》、漢口《かんこう》、洛陽《らくよう》、北《ペ》京《キン》、天津《てんしん》などを視察して見聞《けんぶん》を広めた。日本に戻ったのは７月末である。

帰国後、芥川は自分が見た中国のことを『上海游記《ゆうき》』として大阪毎日新聞に連載した（８月17日から９月12日まで21回の連載）。この連載は『支那游記《しなゆうき》』の書名で、改造社から単行本が出版された。芥川は中国大陸で、章炳麟《しょうへいりん》や鄭孝胥《ていこうしょ》、李人傑《りじんけつ》たち中国の一流知識人たちと会って話をしている。

この時代の中国知識人は、日本人（いち早く西洋近代化した）を尊敬していた。中国は欧米列強による植民地支配に苦しんでいた。日本に２万人もの清国《しんこく》留学生が来ていた。

芥川は中国旅行で体調を崩し、帰国してすぐの10月には、湯河原《ゆがわら》の湯治場《とうじば》に行っている。

この後、31歳のときに関東大震災に見舞われた（１９２３年９月１日）。家族（両親と伯母《おば》、妻と３人の子供たち）と暮らしていた滝野川《たきのがわ》（今の東京都北区）の自宅は、屋根瓦《やねがわら》が落ちて石灯籠《いしどうろう》が倒れたぐらいの被害で済んだと芥川は書き残している。そして地震が収まると、浅草《あさくさ》や丸《まる》の内《うち》へ、壊れ果てた街《まち》の様子を見に出た。

僕も今度は御多分《ごたぶん》に洩《も》れず、焼死した死骸《しがい》を沢山《たくさん》見た。その沢山の死骸のうち最も記憶に残つてゐるのは、浅草仲店《なかみせ》の（死体）収容所にあつた病人らしい死骸である。この死骸も炎《ほのほ》に焼かれた顔は目鼻もわからぬほどまつ黒だつた。

（『大正十二年九月一日の大震に際して』筑摩書房「芥川龍之介全集第四巻」所収）

芥川は北区（当時は東京市滝野川区）の名士として自警団員の資格を持っていたから、死体片づけ係の役目もした。芥川はこのとき、吉原《よしわら》（浅草の北）遊郭の女郎《じょろう》たちの溺死体《できしたい》もたくさん見ている。それが芥川の脳に変調を起こしただろうと書いた友人がいる。

芥川の死

●月×日

大震災の後、谷崎潤一郎は、もう東京は回復しないだろうと考えた。それで美しくきれいなままの京都、神戸、大阪に移った。そこには東京を遠くのこととして暮らしている人々がいた。

関西が繁栄していた時代だった。産業では、のちに「いとへん商社」と呼ばれる、繊維製品を扱う専門商社が大阪を拠点にしていた。伊藤忠《いとうちゆう》とか、丸紅《まるべに》、日本綿花《にほんめんか》(ニチメン)、東洋棉花《とうようめんか》(トーメン)、兼松江商《かねまつごうしよう》は「関西五綿《かんさいごめん》」と呼ばれた。綿花を輸入して、日本で製造した綿製品を輸出する商社である。それが今の総合商社になってゆく。

日本の商社たちは、大阪の繊維業から始まった。もともとは生糸《きいと》商人とか呉服問屋だったのだ。大阪が繁栄の都だった。東京は政治都市だった。三菱《みつびし》も、住友《すみとも》も、三井《みつい》も、三越《みつこし》百貨店も、みんな始まりは大阪である。

だから谷崎は、その豊かな最後の富があった大阪に移った。そして京都言葉や大阪言葉をそのまま文章にした美しい小説を次々と書いていった。奥さんになった松子は、大阪船場《せんば》の生まれだから、谷崎に「大阪ではこんなふうに話します」と一所懸命、横で教えた。周《まわ》りは京都言葉を使う人たちだから、正確に聞き取って、それを小説に書いた。

芥川が死んだ（わずか35歳）とき、遺書（遺稿。『或《ある》旧友へ送る手記』）が公表された。親友の久米正雄に宛《あ》てて書いたものだ。その遺書の中に、「ぼんやりした不安」と「この2年ばかりの間は死ぬことばかり考えつづけた」という有名な言葉がある。

この神経症を抱えた芥川が、最後の論争をした相手が谷崎だった。芥川は、小説（文学）にはストーリー（物語）は不要だ、と言った。谷崎は物語が大切だ、と反論した。谷崎は79歳まで長生きした。

芥川は、神経症を抱えながらも文化学院《ぶんかがくいん》で教えている。

当時の文化学院は神田駿河台《かんだするがだい》にあった。1921年（大正10年）に、与謝野晶子《よさのあきこ》、与謝野鉄幹《てつかん》たちが創立した。芸術と学問の両方を教える、当時最先端の学校だった。開校当初は女学校だったが、1925年（大正14年）に、日本で最初の男女共学を実施した。

文化学院で教える講師に選ばれた人は、当時の大人気者だ。女子学生たちの憧《あこが》れの的《まと》の人しか、文化学院の講師はなれなかったのだ。芥川と同時代の講師に、菊池寛《きくちかん》、佐藤春夫《さとうはるお》、有島武郎《ありしまたけお》、堀口大学《ほりぐちだいがく》、北原白秋《きたはらはくしゅう》、高浜虚子《たかはまきよし》、萩原朔太郎《はぎわらさくたろう》がいる。彼らはすでに人気作家たちだった。

当時は芸能人がまだいない。役者（俳優）といえば歌舞伎役者しかいない。テレビどころかラジオもまだ普及していない。東京で発行される新聞に、知識人たちの恋愛とか駆け落ちのスキャンダルが載《の》った。それが大騒ぎになって人々が興奮した。騒がれることで、また大変な有名人になった。今の芸能人やアイドルの役目を、小説家（文学者）たちが果たしていたのだ。

芥川龍之介は、死ぬ年（1927年）の4月そして5月に、帝国ホテルで平松麻《ひらまつま》

葉山三千子(石川せい子)
芦屋市谷崎潤一郎記念館提供

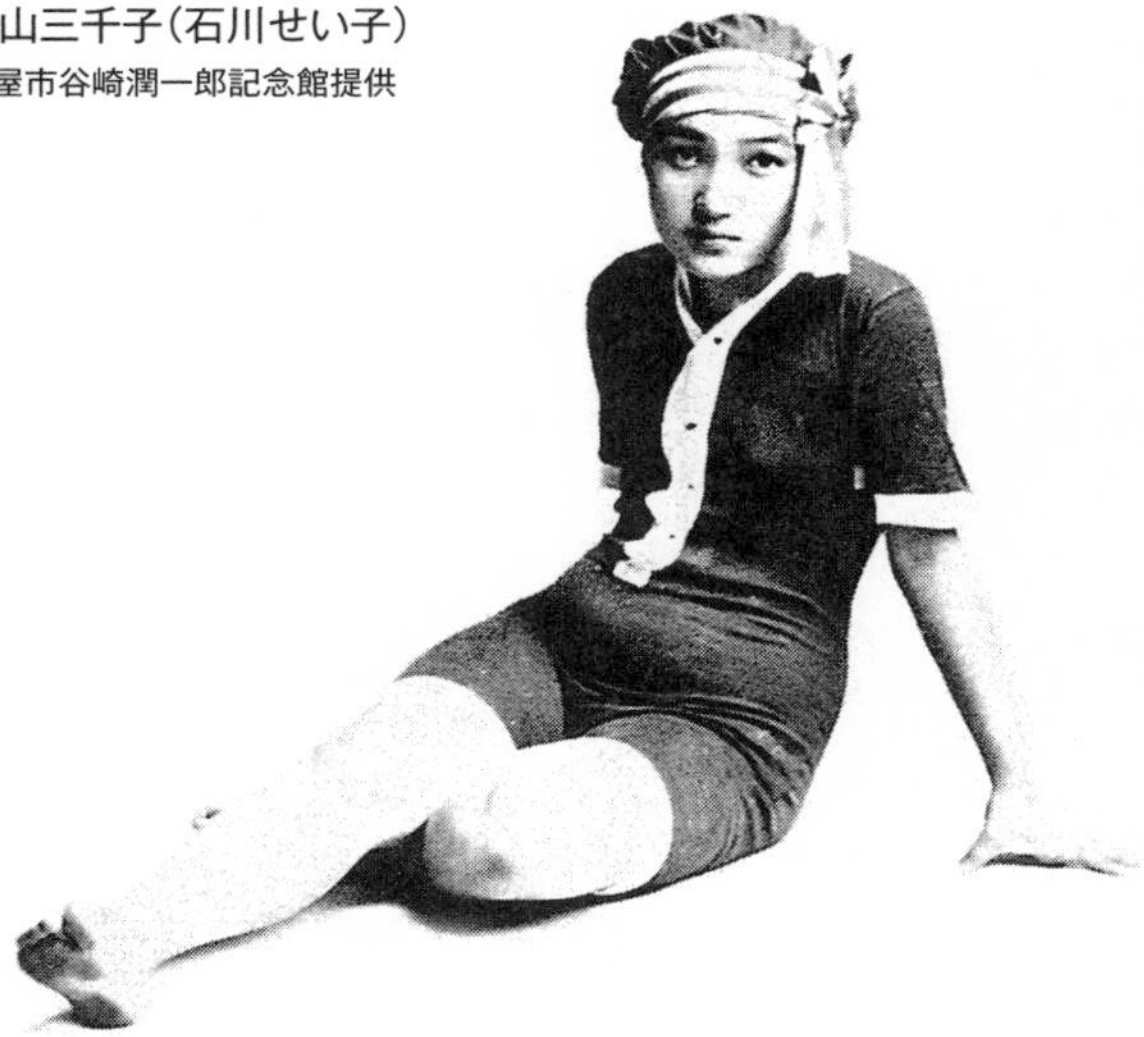

妻を譲る

●月×日

私が調べて驚いたのは、谷崎潤一郎のほうがずっと早くから、この東屋《あずまや》を利用していたことである。最初は1911年(明治44年)12月だから、作家として生きてゆくと東京帝大を中退してすぐだ(25歳)。

谷崎は、この東屋で『悪魔』という短編小説を書いた。それ以来、谷崎はたびたび東屋に逗留《とうりゅう》する。

そしてなんと、1918年（大正7年）3月から9月までの半年間を、谷崎は石川《いしかわ》せい子（P81の写真）というまだ16歳の少女と2人で東屋に滞在した。せい子は谷崎の最初の奥さんの、千代《ちよ》（千代子とも）の実《じつ》の妹だ。このとき谷崎は32歳だ。谷崎とせい子がいるところへ、芥川は佐藤春夫とこの離《はな》れの別荘を訪ねているから、2人の関係を知っていた。

その2年後の1920年（大正9年）に、せい子が18歳になると、谷崎はせい子をきわめて初期の映画女優としてデビューさせる。芸名を葉山三千子《はやまみちこ》と谷崎が付けた。『アマチュア倶楽部《くらぶ》』という映画で、せい子が主演した。シナリオを谷崎が書き下ろした。

谷崎は1915年（大正4年）5月に千代と最初の結婚をした。翌年には娘（鮎子《あゆこ》）が生まれている。そして千代の妹であるせい子を引き取って、一緒に暮らすようになった。当時は、親族がどんどん入り込んで来て暮らす（居候《いそうろう》）のが当たり前の文化だった。

谷崎は、せい子を音楽学校に通わせたりして愛し始めたのだ。せい子が18歳になったら、奥さんの千代と別れて、せい子と結婚しようとした。ところが、それはかなわなかった。

せい子は、ウィリー・メラーという日独ハーフのハンサムな俳優（日本名は江川宇《えがわう》礼雄《れお》）と駆け落ちする。谷崎に「あなたとは結婚しないわ」と言って逃げてしまった。そのストーリーが、のちの『痴人《ちじん》の愛』である（神戸で書いた）。せい子が『痴人の愛』のナオミのモデルなのだ。その後、せい子は大手ガス会社の日本人社員と結婚（1932年、昭和7年）して静かに生きた（1996年、94歳で死）。

●月×日

谷崎潤一郎は、奥さんの千代と離婚して、16歳年下のせい子と結婚したかった。それで「千代を君に譲る」と友人の佐藤春夫（6歳下）に言ったのが、1921年（大正10年）だ。佐藤春夫は、谷崎が千代を叱《しか》って冷たく当たるのを見て、千代をかわいそうに思って好意を寄せていた。

ところが谷崎は、せい子に逃げられてしまった。それで慌《あわ》てて家に帰って、千代をあげるという佐藤との約束を破った。佐藤は怒って谷崎と絶交する。これは「小田原事件」（当時、谷崎は小田原に住んでいた）と呼ばれる。そして、このことを佐藤春夫は雑誌に書いた。その悲《かな》しみを切々《せつせつ》と書いた。世間（読者たち）は佐藤に同情して肩を持った。

潤一郎氏妻を離別して
友人春夫氏に輿ふ
長い間の戀愛かつ藤解決して
近頃振つた連名のあいさつ狀

「東京朝日新聞」昭和5年8月19日付

細君譲渡事件を報じる記事

それから9年後のことなのである。1930年（昭和5年）8月に、「3人で了解の上、谷崎が千代夫人を佐藤春夫氏に譲渡する」という誓約書付きの記事が載《の》った。これが有名になった「細君《さいくん》譲《じょう》渡《と》事件」である。日本中が大騒ぎした。谷崎はこの年、正式に千代夫人と離婚している。

千代は佐藤春夫と結婚して、子供がで

芦屋市谷崎潤一郎記念館提供

谷崎と丁未子

きた。なんと谷崎は、その子のお祝いに行っている。人非人《にんぴにん》で悪役のはずの谷崎の名声（悪名でもある）があがった。

2人目の妻と3人目の妻

●月×日

谷崎は千代と離婚した後、1931年（昭和6年）4月に、古川丁未子《ふるかわとみこ》という女性と結婚（再婚）した。谷崎45歳、丁未子24歳だった。この年、満洲事変が起きて、日本はこの後ずっと戦争にのめり込んでゆく。

谷崎が丁未子と出会ったのは1928

年（昭和3年）12月である。このとき『卍《まんじ》』を書いていた谷崎の助手の女性が紹介したようだ。谷崎が菊池寛《きくちかん》に頼んで、丁未子を文藝春秋《ぶんげいしゅんじゅう》の「婦人サロン」という雑誌の記者にしてもらった。そして丁未子と谷崎は結婚したのである。P85の写真にあるように、大変きれいな人だった。

しかし、谷崎は丁未子と知り合う前に、前述したとおり、根津松子《ねづまつこ》と出会っている（1927年3月）。文学好きの松子は、谷崎と芥川龍之介がいた大阪のお茶屋に「芥川先生に会いたい」と押しかけてきた。松子には根津清太郎《せいたろう》という夫がいて、子供（清治《せいじ》）も産んだばかりだったが、このとき以来、谷崎と松子の関係は深くなっていった。

それとは反対に、丁未子との仲は冷え込んで、1932年（昭和7年）12月には別居する。だから、結婚生活はわずか1年半だ。正式に離婚したのは1934年（昭和9年）10月で、別れるまで4年近くかかった。

なぜかというと、**この時代は姦通罪《かんつうざい》があった**からだ。結婚している者が別の男女と関係を持つと、刑法の規定で罰せられた。きちんとした離婚が成立しなければ、結婚(再婚)ができなかった。

谷崎潤一郎は、丁未子との離婚が成立した3カ月後の1935年(昭和10年)1月に、松子と晴れて結婚式を挙げた。それまではコソコソと付き合っている。松子は前の年(1934年)に、根津清太郎と離婚した。清太郎の会社(根津商店)は1932年(昭和7年)に倒産した。財産をどんどん失《な》くした。

だから谷崎と松子は一緒に暮らし始めてから結婚するまで8年かかっている。しかし谷崎は、子供を産んだばかりの松子に恋焦《こいこ》がれて、40歳で本気になった。死ぬほど大好きで、「松子様の足を舐《な》めたい」とか「自分は松子様の奴隷《どれい》(下男《げなん》)になって、ご主人様と呼びます」という内容の有名な手紙が残っている。

●月×日

姦通罪は、戦前は男女関係を厳しく取り締まった。戦後の1947年(昭和22年)の刑法改正で削除された。それまでは、今の広末涼子《ひろすえりょうこ》や篠田麻里子《しのだまりこ》のような不倫関係が明らかになれば、刑法（刑事事件）で罰せられたのである。ただの不倫や不貞《ふてい》の慰謝料（民事の損害賠償請求）ではない。ただし、その女性の夫が訴えて騒いだときに、である。

男たちにとっては、遊郭の女（玄人《くろうと》の女）たちとの性行為は自由だった。奥さんたちは知らん顔をした。見て見ぬふりをするのが、日本の文化だ。だが、世界中そうだと思う。ただし夫（配偶者《スパウズ》）がお妾《めかけ》さんを囲って、その家（妾宅《しょうたく》）に通うことを知って怒り狂った女性はいただろう。嫉妬《しっと》に駆《か》られると男女は激しい争いになる。廓《くるわ》（花《か》柳界《りゅうかい》）言葉で修羅場《しゅらば》と言う。いつの時代も変わらない。それでも垢抜《あかぬ》けてサバサバしている奥様たちは知らん顔をしたのだ。

だから、芥川や漱石でさえ、女と遊ぶときには温泉宿《おんせんやど》に行ったのである。文学者たちも、温泉宿や旅先の遊郭で女遊びをした。

だが、このことは日本文学史上、言っては（書いては）いけないことになっている。日本の大学文学部国文科の、思想統制の共同体が成立しているのだ。なぜなら日本の立派な文学者たちの文学作品であり、国定教科書（小学校、中学校、高校の現代国語）に載せるものである。だから、この真実は書いてはいけないことになっている。文芸評論家たちや文学研究の学者たちも書かないことになっている世界だ。それでは真実の人物評伝《ひょうでん》とならない。

このようにして文学者たちは、喜び勇んで鵠沼《くげぬま》の東屋《あずまや》旅館に集まった。それから、伊豆《いず》半島の修善寺《しゅぜんじ》温泉と、さらに天城山《あまぎさん》のほうへ上がっていった湯ヶ島《ゆがしま》温泉である。湯ヶ島は私が実際に行ってみたら、もう温泉街として成り立っていなかった。今年（2023年）の3月25日に行った。私の住む熱海から、今ではたったの2時間で行ける。雨が激しく降っていた（後述する）。

●月×日

この湯ヶ島温泉に湯本館《ゆもとかん》という温泉宿がある。ここで川端康成《かわばたやすなり》が『伊豆の踊子《おどりこ》』を書いた。

川端康成が1968年（昭和43年）にノーベル文学賞を受賞したときは、日本中が大騒ぎになった。私は高校2年だった。学校で川端著の『美しい日本の私』（講談社現代新書）を、無理やり買わされたというか、配られた。これは川端が、ノーベル賞の授賞式で行なった演説そのものである。場所はスウェーデンのストックホルムだ。

この『美しい日本の私』に、明恵《みょうえ》上人《しょうにん》というのが出てくる。私は覚えている。

　雲を出《い》でて我にともなふ冬の月
　風や身にしむ雪や冷《つ》めたき

明恵上人（一一七三年―一二三二年）のこの歌とを、私は揮毫《きごう》をもとめられた折りに書くことがあります。

（『美しい日本の私』講談社現代新書）

明恵上人は華《け》厳宗《ごんしゅう》の僧侶で、日本的なもの、への傾倒と執着《しゅうちゃく》がすごかった。一言で言えば、「自分たち日本人には神も仏もない。何も信じていない」という突き抜けた日本思想を持っていた。仏教徒なのに、仏教さえも外来《がいらい》思想として否定した。神道《しんとう》

撮影／著者

湯ヶ島温泉の湯本館

朝日新聞社

三島由紀夫と川端康成（1968年10月18日）

も否定した。インドに渡ろうとしたが、行けなかった。この明恵を川端は一番高く評価していたのである。

川端康成と三島由紀夫の真実

●月×日

川端康成がノーベル文学賞を受賞した2年後の1970年（昭和45年）11月25日に、三島由紀夫《みしまゆきお》が腹を切って自決した。三島は川端の弟子筋《でしすじ》で、川端と同じときノーベル賞候補になっていた。

三島由紀夫は、市ヶ谷《いちがや》の自衛隊東部方面《とうぶほうめん》総監部（現在の防衛省）の総監室で割腹《かっぷく》自殺した。自分が作った「楯《たて》の会」という民兵《みんぺい》組織の、若い男の隊員4人を連れて総監室に入って、部屋を封鎖した。この後、三島はバルコニーから演説した。そして総監室に戻って腹を切った。

建物の下から、集まった自衛隊の職員たちが「何を気取っておかしなことをやっているんだ」と非難の声を上げた。三島は周到に準備して、自分と交際の深い記者たち2人（NHKと毎日新聞）に、後世に残る立派な写真と檄文《げきぶん》を遺《のこ》した。自衛隊員たちに「なぜ君たちは決起《けっき》しないのか」と絶叫した。

この後、随行《ずいこう》した「楯の会」隊員の森田必勝《もりたまさかつ》（25歳）も、三島とともに割腹した。そして残る2人の隊員が、三島と森田の首を刎《は》ねた（介錯《かいしゃく》した）。先に腹を切った三島を森田が介錯しようとしたが、うまくいかなかった。血だらけの首が2つ、血の海の部屋の隅《すみ》に並べられていた。この写真は週刊誌の「アサヒグラフ」に載ったものを、高校2年生の私も見た。介錯などという立派なものではない。日本刀（人斬《ひとき》り包《ぼう》丁《ちょう》）でゴリゴリと引いて、ようやく首を切断したのだ。私はこのとき、妙に奮《ふる》えていた。この後、私は時代の風に従って高校紛争（大学闘争の子供版）を起こして、高校を退学（追放処分）している。

●月×日

もっと本当のことを書こう。あれから53年も経《た》つ今だからこそ、総合評論家である私は書く。

あのとき、三島由紀夫は、ある政治家の「三島君。私が400人の自衛隊の精鋭を引き連れて、君の元に駆け付けよう」という言葉を信じていた。そして彼らの到着を待っていた。楯の会の約100人の隊員（ほとんど学生）たちは、近くの市ヶ谷会館に待機していた。

その政治家は現われなかった。その人とは誰あろう、中曽根康弘《なかそねやすひろ》（当時52歳）である。中曽根はこのとき、まさしく防衛庁長官であった。若手の強硬保守派政治家の登竜門である。はっきり書く。中曽根と三島は同性愛者（ホモセクシャル）の関係である。私は、たしかに聞いている。他の人たちの名前は、この本ではあえて書かない。

もっと本当のことを私は書く。三島由紀夫をここまで突き詰めた発狂（狂躁）状態にまで陥《おとしい》れ、煽動《せんどう》したのは、山本舜勝《やまもときよかつ》という陸上自衛隊の幹部（陸大出。戦争中なら陸軍少将）である。私はこの人の息子さんに会って、父親の遺作を贈られた。

三島は私淑《ししゆく》する弟子たちを引き連れて自衛隊の体験入隊をしている。三島は楯の会の閲兵式《えつぺい》を、今もお濠端《ほりばた》にある国立劇場の屋上でやった。もうどんどんおかしくなっていた。三島は当時、財界の大物で国士《こくし》の平岩外四《ひらいわがいし》に会いに行った。そのとき、「三島君。私兵《しへい》はいかんよ」と言われている。

三島はなんと、皇居突入計画まで立てていた、とされる。だからあの事件のとき、一番怒ったのは、まさしく昭和天皇裕仁《ひろひと》のようだ。「などてすめろぎ（天皇のこと）は人間《ひと》となりたまひし（天皇の人間宣言のこと）」と三島は『英霊《えいれい》の聲《こえ》』で書いた。戦前、戦中の亡霊《ぼうれい》、怨霊《おんりょう》を引き釣《づ》り出した三島に対して、昭和天皇が強い不満を示したという。

私は裕仁天皇のこの認識が、今となっては最も賢明であった、と冷静に判定する。人間は時代の風に煽《あお》られると、どんな愚かなことでもする生き物だ。私はこのことが身に沁《し》みて分かる。ようやくこの齢《よわい》になって。

●月×日

三島の事件は1970年（昭和45年）のことだ。その2年後の1972年（昭和47年）4月16日には、今度は川端康成が自殺する。ガス管を口にくわえていたという。

73歳だった。三島は45歳で死んだ。ところが戦争を決して賛美しなかった谷崎潤一郎は、79歳まで長く生きた。三島が自決する5年前の1965年（昭和40年）7月30日に死んでいる。

川端も三島も谷崎も、敗戦後に作品を発表するたび日本を騒がせた。しかし日本が世界の一員となって、社会が進んでどんどん複雑になると、文学の時代ではなくなった。もはや大《だい》文学者（大作家）たちの小説を読みながら暮らすという国民文化ではなくなった。彼ら大作家たちは、次第に騒がれなくなり、忘れ去られていったのだ。文学でご飯は食べられない。

文学者たちの時代がこの後も続いたように見えるけれども、1970年を境にもう忘れ去られていった。それを私は今ごろになって、53年が経《た》った今、過去の亡霊・怨霊の呼び戻しとして復活させようとしている。

エリートと文学部

●月×日

本書の書名、すなわち私が本書の主旨《しゅし》とするのは、**「戦争を嫌《いや》がった、嫌《きら》った、関《かか》わりたくなかった日本の大作家《だいさっか》たち」**というテーマ（主題）である。まず東京帝国大学の文学部に行った学生たちというのは、いったいどういう秀才たちなのかを知らなければいけない。

このことを日本人が分からなくなっている。一番のエリートは、旧制高校から帝国大学（帝大）の法科か経済（理財《りざい》科）に行った。旧制高校制度は、1894年（明治27年）に始まって、戦後の1950年（昭和25年）に終わった。

旧制高校のうち、明治に創立した学校は「ナンバースクール」と言って、一高《いちこう》（第一高等学校）から八高《はちこう》まで8校あった。一高が今の東大教養学部《きょうようがくぶ》で、二高が東北大学、三高が京都大学、四高《しこう》が金沢大学、五高が熊本大学（医学部は長崎大学）、六高が岡山大学、七高《しちこう》は第七高等学校で、造士館《ぞうしかん》という藩校が今の鹿児島大学だ。そして八高が名古屋大学である。九高を今の静岡大学とする人もいる。

勉強秀才が、旧制高校から帝大に行くときに、文学部は「誰でも入れる」と言われていた。旧制高校を出ていれば、文学部の入学試験はなかったという話も本当らしい。谷崎潤一郎や芥川龍之介も、東京帝大国文科と英文科に、無試験に近い形で入学している。一校のときから秀才の太鼓判《たいこばん》が押されていたからだ。

谷崎は、府立一中から一高に進んで、1908年（明治41年）7月に卒業。9月に東京帝大国文科に入学した。芥川は府立三中（今の両国《りょうごく》高校）から一高というコースで、1913年（大正2年）に東京帝大英文科に入った。6歳違いだ。

当時のエリートは、文学部を嫌って法科か経済を選んだ。彼らは官僚になりたかった。あるいは大企業（財閥系）に入社したかった。「社員」という言葉があって、エリートたちはこの「社員」になりたかった。

今のそこらの社員とは違う。三井、三菱、住友、安田《やすだ》とかの旧財閥系大企業に、学《がく》士《し》さまとして勤めるという意味だ。社員ということは、エリートで入社した人たちを指したのである。少しでも会社の株を持った。今のサラリーマン（会社員。本当は事務労働者《クラーク》）はまだいなかった。会社というものがきわめて少なかった。ほとんどは職人と百姓《ひゃくしょう》（農業者）だ。

1970年代になっても、父親から「文学部なんか行くな」と言われた人は多い。息子が文学部に行きたいと言うと怒ったようだ。今はどうなったか分からない。どうも文学部の存在自体が消えつつあるようだ。

●月×日

旧制高校のエリートたちは、文科系は文学部でなく、法科と経済に行った。これに対して理科系がある。理科系には工学部と理学部があって、工学、化学、物理学、生物学、数学を学ぶ。

この中で、数学と物理学は science（英語でサイエンス、フランス語でシャンス、ラテン語でスキエンティア）であり、外国語の習得が死ぬほど好きだという人以外が文学部に行っても、専門職としてする仕事がない。歴史学や社会学をバカにしているわけではないが、真理（トゥルース truth）の探究（発見）が目的の学問である。

私は × **科学**というコトバが大嫌いだ。サイエンスは ○ **ヨーロッパ近代学問**と訳すべきだ。サイエンスは、今からわずか500年前（16世紀）にヨーロッパで始まった。

サイエンス（近代学問）に対して、工学は応用科学（アプライド・サイエンス applied science）と言って、サイエンスの成果を世の中の実用に生かす。工業製品、すなわちものづくりをするための学問である。

日本語の「ものづくり」は、今では monozukuri という英語になって尊敬されている。日本は「ものづくり」で大きくなった国で、このことが世界中で知られている。優れた工業製品を作って、世界中で売って、貿易で食べている。電気製品、コンピューター、今は特殊船やプラントを作って売る。日本は工学（技術《テクノロジー》）の国だ。

ここからが謎解きである。なぜ文学部に行くのが嫌がられたのか。それは帝大の場合、実は初めから語学《ごがく》を嫌がらない秀才しか行かなかったからだ。文学部では、ドイツ語、フランス語、英語を勉強しなければならない。これが世俗的なエリート学生たちに嫌われた。外国語を死ぬほど勉強させられるのは嫌《いや》だ、と。

それよりはさっさと財閥系大企業の「社員」か官僚になって、夕方の５時には料亭に芸者遊びに行く。そして都々逸《どどいつ》を自分も唄えるようになる。それが体制派エリートたちの目標であり、洒脱《しやだつ》なことだった。企業にとっては芸者遊びも幹部社員教育であった。官僚か財閥系企業の社員になれば、芸者遊びができる。５時にはさっさと料亭に遊びに行ける。これは今でも言ってはいけないことだ。

民衆政治家《ポピュリスト》の田中角栄《たなかかくえい》の時代（１９７０年代）まで、料亭政治というのがあった。赤坂《あかさか》の料亭の前に、黒塗りの車がずらっと並んでいた。政治家たちが料亭の個室（座敷）で密談した。それを国民が嫌ったから、今では場所がフランス料理か中華料理か日本料理店に変わった。あるいはゴルフ場で政治をやるようになった。

銀座がすっかり寂《さび》れたのには原因がある。１９８２年（昭和57年）に、「１００％課税」という税制の改正が行なわれた。これで大企業の接待交際費が経費として完全に認められなくなった。企業は飲食費とかの交際費を会計上、損金（経費）処理していたが、それが全面的に禁止された（損金不算入《ふさんにゅう》）のである。

アメリカの金融ユダヤ人たちが、「日本人は、料亭とか飲み屋でビジネスをする劣《おと》った国民だ」という理屈で、日本政府に圧力をかけて禁止させた。料亭で100万円使うんだったら税金を別個に100万円払え、にした。だが、アメリカだって本当は同じことをやっていた。会社内のパーティでストリップショーをさせていたのだ。それを自分たちは隠して、日本に禁止させたのである。

これで料亭文化と、キャバレー、ナイトクラブの文化が激しく衰退した。銀座の高級クラブ（紅灯《こうとう》）は80年代からガタンと落ちた。激しい課税がどんどん強化された。今では、たったの5000円の飲み食い代も経費として認められない。企業は、それまでは交際費を「業務打ち合わせ費」とか「夜食代」とか「会議費」とか、おもしろい勘定科目《かんじょうかもく》にして抵抗したが、それさえも許されなくなった。

●月×日

再度書くが、文学部に行くと外国語の勉強をしなければいけない。向かない人は無理だ。生来の語学秀才でなければ、この壁を突破できない。

太宰治《だざいおさむ》は、東京帝大仏文（フランス文学）科教授の辰野隆《たつのゆたか》（東京駅を設計した辰野金吾《きんご》の息子）に「津島君《つしま》（太宰の本名は津島修治《しゅうじ》）、君をうちで受け入れてあげよう。でも君はフランス語の勉強はしなくていいよ」と言われたらしい。

このようにエリートたちが文学部を嫌った時代に、芥川龍之介は東京帝大英文科（英吉利《イギリス》文学科）で英語を本気で勉強した。だから神経症《ニューロシス》になった。当時は神経衰弱と言った。

谷崎が芥川と比べて偉いのは、国文科へ行っても、大学の勉強をしなかったことである。有名作家になることが何よりも大事だった。一高《いちこう》の秀才で教養はすでにあるから、彼は外国語をやらなかった。それがものすごく良かったのだ。

森鷗外《もりおうがい》はドイツ語を一所懸命、勉強して軍医総監《ぐんいそうかん》にまでなった。夏目漱石も英語を懸命に勉強した。漱石は16歳で成立学舎《せいりつがくしゃ》という神田駿河台《かんだするがだい》の学校に入ったが、ここはほとんどすべての授業が英語だった。東京帝大ではイギリス人の教授から、一対一で英語を習っている。

漱石の生家は、牛込《うしごめ》（今の東京都新宿区）の大家《おおや》業である。江戸時代から続く町人の地主《じぬし》の家だ。家作《かさく》（立派な貸家《かしや》）や長屋《ながや》を何百軒も持っていた。村方《むらかた》役人（名主）に対して町方役人とでも言える民間人である。今で言えば商業ビルやタワーレジデンスの不動産業者の家だ。

文学部は、本当の大秀才でなければ行っても仕方がなかった。だから逆に、誰でも入れたのだ。こうやって、この秘密を私がようやく解き明かした。

当時は、旧制中学校の教師になれる需要がたくさんあった。江戸時代で言えば寺子《てらこ》屋《や》の先生だ。やがて師範学校《しはんがっこう》ができる。秀才だが家が貧しい子供は、師範学校（のちの各県の国立大学の教育学部）に行った。学費が免除されたからだ。師範学校出《で》の先生たちは誉《ほま》れ高く、立派な人が多かった。今の小、中、高校の教員たちとは違う。当時は学校の先生になる求人があった。学校の先生は、ちゃんと文章を読んで、難しい字

郡山市「こおりやま文学の森資料館」提供
後列左から芥川龍之介、宇野浩二、久米正雄、佐佐木茂索《もさく》（戦後、文藝春秋社長）、直木三十五《さんじゅうご》（代表作は『南国太平記』）。前列左から菊池寛、加能作次郎、田中順（1920年撮影）

が読めて、子供たちを育てられる人格者でもある人たちだった。

●月×日

芥川龍之介は、今も国民的大《だい》文学者（大作家）である。わずか35歳で死んで、数十作の短編小説が知られているだけなのに（書いた作品数は全部で３７４本）。

芥川は、私生活では宇野浩二《うのこうじ》と広津和郎《ひろつかずお》と仲がよかった。

宇野浩二という人は、三味線弾《しゃみせんひ》きの芸者さんの息子である。だから最初から花街《かがい》、遊郭《ゆうかく》の世界をよく知っていた。彼は大阪の天王寺《てんのうじ》中学から早稲田の英文科予科《よか》に進んだが中退している。秀才ではない。

宇野浩二は、1891年（明治24年）生まれだから芥川より1歳上だ。1919年（大正8年）、28歳のときに互いに知り合って、一緒に遊ぶようになった。女遊びもしたようだ。

日本の文学史では、宇野浩二は私（わたくし、あるいは、し）小説の先駆者のように言われる。私《わたくし》小説の作家は他に葛西善蔵《かさいぜんぞう》と嘉村礒多《かむらいそた》がいる。自分の貧乏な生活と、女性たち（奥さんも）との事実を克明に書いた。こんな風《ふう》に大喧嘩《おおげんか》したとかを、ものすごく正確に赤裸々《せきらら》に書いた。赤裸々というオカシナ言葉は、その前の自然主義《しぜんしゅぎ》文学から使われだした。それと同じ雰囲気を、谷崎潤一郎も持っている。

自然主義（フランスのモーパッサンやゾラの真似《まね》）の次の私小説は、当時のプロレタリア（左翼）文学と同時並行《へいこう》である。左翼を敬遠した川端康成らは新感覚派《しんかんかくは》を名乗って、戦後の三島由紀夫もここに入る。太宰治もここに入れる。ところが、大衆に読まれるのエロス小説が主《しゅ》の谷崎は、新感覚派に入れてもらえない。日本の文学研究者など、この程度のものだ。

宇野浩二は東京帝大の近くの本郷《ほんごう》に住んだ。何人かの芸者さんと交際して、それを私小説に書いた。芸者さんが前金《まえきん》を踏み倒して置屋《おきや》から脱走するのを助けたりするようなことも平気でやった人だ。自分の母親も芸者あがりだから、その世界をよく知っていた。

宇野は芥川と死ぬまで付き合った。P105の写真にあるように、直木三十五《なおきさんじゅうご》や久米正雄、菊池寛とも親しかった。さらに横光利一《よこみつりいち》や小林秀雄《こばやしひでお》、広津和郎との付き合いもあった。

谷崎は日本の映画産業にいち早く関わった

●月×日

1920年（大正9年）4月に、大正活映《たいしようかつえい》（大活《たいかつ》）という映画会社が横浜にできた。まだ映画技術が輸入されたばかりのときだ。谷崎は、ここの顧問になった。大活は、浅野《あさの》セメントや東洋汽船《とうようきせん》という海運会社をやっていた浅野財閥の創業者、浅野総《そう》一郎《いちろう》の息子（次男）が資金を出して作った。谷崎は大活の脚本部顧問として迎えられたのだ。

その年、谷崎は前述したが奥さん（千代）の妹のせい子を、葉山三千子《はやまみちこ》の女優名で映画デビューさせている。せい子は18歳。

この映画はドタバタ劇で、撮影の機材もヨーロッパから入ってきたばかりのため、撮影技術も未熟だった。画質が粗《あら》くてどうしようもない。さらにサイレント（無声映画）だから、大衆の娯楽としては不完全。1920年代の映画はまだ産業にならなかった。だが谷崎は、さっさとこれにのめり込んでいる。

1930年代（昭和5年から）になると、日本でも映画がトーキー（talking picture　トーキング・ピクチャーの略）になって、映像と音声が同時に出るようになった。日本で最初の完全なトーキー（部分的にトーキーにした映画はあった）は、松竹《しょうちく》キネマの『マダムと女房』（1931年、昭和6年）である。このトーキーで日本の映画産業は大きくなってゆく。このとき、活動弁士の職業が亡《ほろ》んで数百人が失業した。

松竹の映画部門は1920年（大正9年）からあった。東宝《とうほう》は1937年（昭和12

©12 via AFP

日本で最初のトーキー映画『マダムと女房』（1931年）。五所平之助監督。右は田中絹代

年）にできた。戦争中の１９４２年（昭和17年）には、大映《だいえい》が国策会社のようにして作られた。

　サイレントの時代から、市川右太衛門《いちかわうたえもん》、嵐寛壽郎《あらしかんじゅうろう》、阪東妻三郎《ばんどうつまさぶろう》ら歌舞伎役者が映画に出ていた。トーキーになると、それらの歌舞伎役者に加えて、落語家や喜劇役者たちも映画に入ってきた。映画会社自体が、自分たちで役者（映画俳優）を育てた。京都の太秦《うずまさ》や神奈川の大船《おおふな》に大きな撮影所を作って、映画を製作するようになった。

　ところが谷崎が映画産業に関わったのは、前述したように、これより早い１９

20年である。監督ではない。オリジナルのシナリオを書き、プロデューサー業もやった。谷崎は、このようにやることが早い。いつも時代を先取りして、最先端を行っていた。美しいものへの強い憧《あこが》れ、すなわち耽美《たんび》に対して忠実だった。

谷崎が書いた『陰翳礼讃《いんえいらいさん》』は、薄暗がりの中に伝統美を見出《みいだ》すという日本文化論だと今も評価されている。しかしそれは嘘だ。谷崎は死ぬまで新しがり屋だ。煌々《こうこう》と電気が点《つ》いている明るい部屋が好きに決まっている。変な理解をすべきではない。

ダウンライトの間接照明が、すばらしい文化だとか、口だけで言う人たちは、みんな死んだ。なぜならパリで暮らした建築家がはっきり書いた。自分はパリの仕事場では明るい蛍光灯《けいこうとう》を取り付けた。それでようやく、建築家の仕事ができた、と。

パリで薄暗い電気しか使わなかったのは、電気代が高かったからだ。本当は間接照明ではなくて、明るくしたかったのだが、技術面でできなかったのだ。間接照明を、やがて日本人が真似《まね》した。シャンデリアがきらきら輝くのは当たり前だが、シャンデリアだって電気だから、高くて使えない。昔のローソクをいくら立てても仄暗《ほのぐら》いままで、電気のように明るくなるわけがない。電気代が安くなって、いくらでも電力が使える時代になったら、みんなが部屋を明るくしたに決まっている。

谷崎は、徹底した合理主義者である。最先端の文化とファッションに憧れた。最新式のホテルができると、必ず泊まりに行っている。女性たちの最先端のファッションが登場すると、一所懸命それを追いかける。谷崎潤一郎はそういう人なのだ。私は谷崎の霊と対話して、このことが分かった。

●月×日

宇野浩二に話を戻す。

長野の下諏訪《しもすわ》に、「かめや」という温泉旅館があった。ここで宇野は、鮎子《あゆこ》というきれいな芸者と出会った。1919年（大正8年）9月である。宇野は、この鮎子に本気になって、自分の私小説《し》に「ゆめ子」という名前で何回も登場させた。宇野浩二は鮎子に会うために下諏訪へ通《かよ》った。

宇野だけではない。宇野は、最初は広津和郎と一緒だった。それに連れられて芥川龍之介や菊池寛や久米正雄も下諏訪に行っている。前述した鵠沼《くげぬま》の東屋《あずまや》には、大杉《おおすぎ》栄《さかえ》、里見弴《さとみとん》、江口渙《えぐちかん》たちも集まっていた。だから、このころの知識人たちは、温泉旅館で若い女性たちと付き合っていた（遊んだ）のである。

彼女たちは温泉町の女性だ。ということは、宇野が惚《ほ》れた鮎子を文学者たちがみんな順番に抱いているのだ。鮎子は文学が好きな頭のいい女性であった。

このように、文学者たちは花街の芸妓たちと付き合っていた。この事実は隠されている。ところが、芥川が鮎子に宛てて書いた手紙（ラブレター）が戦後、公開された。「あなたのことが好きになった。宇野君の前では言えないが、顔が赤くなる」という内容だ。それで、文学者たちの入り組んだ男女関係が明らかになった。

私は宇野浩二の役割が重要だと分かった。なぜなら宇野は、多くの日本の文学者たちの間を取り持ったからだ。芥川が死んだ後、横光利一と小林秀雄と広津和郎たちが集まって芥川の全集を作った。しかし実際に校閲《こうえつ》と編集をしたのは宇野浩二だったのだ。

芥川の親友の菊池寛は、芥川の葬儀で泣きながら弔辞《ちょうじ》を読んだ。この菊池寛が、この後1935年（昭和10年）に芥川賞を始めた。同じときに直木賞もできている。当然、自分の友人たちを賞の選考委員に任命した。人々に大きく注目された。菊池が自分で作った会社の文藝春秋がどんどん大きくなって儲けた。

宇野浩二は、関東大震災のときに、上野の寛永寺《かんえいじ》にあった室生犀星《むろうさいせい》の家に避難して、泊めてもらった。室生犀星は金沢生まれの詩人だ（小説も書いた）。金沢の旧制四高は出ていない（高等小学校を中途退学）が、早くから北原白秋《きたはらはくしゅう》に認められた。同じ詩人の萩原朔太郎《はぎわらさくたろう》と親友だ。その室生犀星の家に、宇野浩二が住んだ。

このようにして、**文学者たちの世界が出現している**。これらのことを、日本の知識人層は共通了解事項として今こそ知らなければいけない。

作家と女たち

●月×日

大《だい》作家たちもやった芸者遊びは、歌や踊りで、お酒の席で芸妓たちが男性客たちを接待する。ただ一口に「芸者」と言っても、関東（東京）と関西（京都）では、呼び方が違う。

関東では、芸者または芸妓（げいぎ）と呼ぶ。その見習いの若い女性を半玉（はんぎょく）と言う。これが京大阪になると、芸者とは言わず芸妓一本になる。ただし、こちらは「げいぎ」ではなくて「げいこ」と呼ぶ場合が多い。この芸妓の見習いが舞妓（まいこ）である。

総称したら芸者だ。英語のゲイシャ・ガールである。はっきり書くと、世界基準では高級売春婦のことだ。韓国なら妓生（キーセン）である。今は、妓生は制度上いないことになっている。


芸者というのはいったい何かと、私は金持ちさん（旦那《だんな》。インド伝来の仏教用語でダーナ dāna から来た）が、日本橋人形町（谷崎が生まれた）の有名料亭に連れて行ってくれて、ここの芸妓組合（見番《けんばん》。本当は検番）の会長さん（芸者のトップ）が語ってくれたことからピンと来た。

　P67で前述したように、芸者とは、三味線《しゃみせん》が弾《ひ》ける人のことなのだ。踊りは誰でもできるが、三味線を弾きこなすのは大変だ。だから三味線が弾ける女性は、90歳のお婆《ばあ》さんでもお座敷に行けるのである。

　若い芸者さんたちが舞うとき、「さーさ、浮いた、浮いた、さーさ、よしよし」と掛け声をかける。この「さーさ、よしよし」という言葉に大変な秘密があった。私は京都の待合でも聞いた。若い芸妓に踊りを見せてもらった後、「さーさ、よしよしとは、何て意味ですか」と質問した。すると、「さーさ、よしよしは、もともとは酔《よ》うた、酔うた、どすえ」だということが分かったのである。

　お酒に酔えることとは、昔は大変すばらしいことで、だから「酔うた、酔うた、さーさ、浮いた、浮いた、さーさ、よしよし」と踊るのだ。これはまだ私の勝手な推理だが、徳島の阿波《あわ》踊りの「やっとさー、やっとさー」も「お酔いなさい」の意味だろう。

　昔は、お酒は高級品だった。大切なお米《こめ》をたくさん使って、アルコール発酵《はっこう》させたのがお酒（日本酒）である。だから、酔えるのは大変な贅沢《ぜいたく》だった。粟《あわ》や稗《ひえ》が原料の酒もあったが、大切な米で作った高い日本酒を飲んで、「さーさ、よしよし（酔うた、酔うた)」と歌って踊れるのは、最高級の喜びだったのである。

お酒に酔って、男と女が愛し合う。それが大切なのだ。西洋では、これをギリシア時代はディオニュソス(ローマではバッコス)の祭《まつり》と言う。集団祝祭の乱舞のときである。

3 漱石山脈

言論弾圧の時代

●月×日

宇野浩二《うのこうじ》は芥川龍之介《あくたがわりゅうのすけ》と最期《さいご》まで付き合った。芥川の短編（死んだ後に見つかった）『或阿呆の一生《あるあほうのいっしょう》』に宇野が出てくる。

彼の友だちの一人は発狂した。彼はこの友だちにいつも或《ある》親しみを感じてゐた。それは彼にはこの友だちの孤独の、——軽快な仮面の下にある孤独の人一倍身にしみてわかる為《ため》だつた。彼はこの友だちの発狂した後、二三度この友だちを訪問した。

（『或阿呆の一生』「現代日本文学大系43芥川龍之介集」筑摩書房）

ここにある「彼」は芥川自身のことで、「友だち」が宇野浩二である。その友だちが「発狂した」というのは本当だ。宇野は1927年（昭和2年）の夏に、脳の病気になった。精神に変調を来《きた》して2カ月入院した。病院（滝野川《たきのがわ》の小峰《こみね》病院）を紹介したのは斎藤茂吉《さいとうもきち》である。茂吉はアララギ派の優れた歌人で文学者だが、青山脳病院《あおやまのうびょういん》の院長で精神科の医者だった。宇野浩二が入院している間に芥川が自殺した（7月24日）。芥川も斎藤茂吉に自分の神経症を診察してもらっていた。前述したが、茂吉が処方した睡眠薬で死んだとも言われる。

宇野浩二は、自分が付き合った芸妓たちのことを、自分の小説に登場させて書き続けた。だから私小説の大家のように言われる。下諏訪《しもすわ》温泉の鮎子《あゆこ》（作中では「ゆめ子」。本名は原《はら》とみ）を始め、ゆめ子の姐《あね》さん芸者の小瀧《こたき》（小竹。本名は村田《むらた》キヌ）。三重次《みえじ》（村上八重《むらかみやえ》）。東京の女給《じょきゅう》つた（星野玉子《ほしのたまこ》）たち。すべて自分と関係を持った女たちがモデルだ。実際に、キヌは宇野浩二と入籍しているし、玉子は宇野の子供を産んだ。

●月×日

芥川龍之介が死ぬ1カ月前の1927年6月、中野重治《なかのしげはる》が芥川の家を訪ねている。中野は1902年（明治35年）生まれで、金沢の旧制四高《しこう》から東京帝大独文科に入った作家である。日本共産党員になり、のちに転向《てんこう》したり再入党したりした。

中野重治は戦後も小説を書いた。知識人の政治転向問題を最も誠実に、真剣に考え続けた作家だ。『村の家』では、転向して福井の実家に帰った重治に父親が「お前たち若者が抵抗しても、世の中は少しも変わらんぞ」と諭《さと》したのに対して、重治が「それでも私は書き続けようと思います」と答えた。この態度の取り方がすばらしい。思想家の吉本隆明《よしもとたかあき》が、『転向論』で、この中野重治を最も高く評価した。

戦後は、「ソ連（ロシア）の核兵器はアメリカと対立する上でやむを得ないものだ」とロシアを擁護して、日本共産党（宮本顕治《みやもとけんじ》が委員長）から除名された。私、副島隆彦は中野重治を今も尊敬している。

この中野重治と、おそらく男女関係にあったのが女流作家の佐多稲子《さたいねこ》である。私は中野と佐多稲子の生き方を大事にしている。

中野重治は1979年（昭和54年）8月24日にガンで死んだ（77歳）。その2週間後の9月8日に、青山葬儀所で告別式が行なわれた。私は、その告別式に参列した。そこで佐多稲子が弔辞を読んだ。「重治さん、だから私たちはあ、の、人、た、ち、に対して頑張らなきゃいけないのよ」と佐多稲子は言った。葬儀所の周囲を、嫌がらせの宣伝カーが拡声器で小さく無関係のことを演説しながら走っていた。日本共産党の宣伝カーだった。

芥川龍之介も、佐多稲子を気に入っていた。2人が知り合ったのは上野の清凌亭《せいりょうてい》という料亭である。佐多稲子は、そこで座敷女中をしていた。1919年（大正8年）のことだ。

芥川は友人で作家の小島政二郎《こじままさじろう》に連れられて、清凌亭にやって来た。文学少女だった佐多稲子は、芥川だとすぐに分かったらしい。座敷で芥川たちにお酌《しゃく》をする女中仲間に、「あのお客様は芥川龍之介という有名な作家よ」と教えた。すると、そのことを聞いた芥川が面白がって稲子を呼んで、「君は僕のことを知っているのかい」と言った。それから芥川は、たびたび稲子に接客させるようになった。美人である佐多稲子は作家になっていった。

●月×日

戦争に抗議、反対しただけで、言論人たちは激しく弾圧された。私は12年前に、中国の長春《ちようしゆん》にあった満洲《まんしゆう》映画社（株式会社満洲映画協会。満映《まんえい》）の建物に行ったときのことを思い出す。

満映は、日本が戦争遂行《すいこう》のプロパガンダを目的に、1937年（昭和12年。満洲国ができた年）に作った国策会社である。その理事長が、日本陸軍憲兵《けんぺい》大尉だった甘粕《あまかす》正彦《まさひこ》だ。

この甘粕が言論人を弾圧した。思想家（無政府主義者《アナキスト》）の大杉栄《おおすぎさかえ》を殺した。大杉栄は関東大震災が起きたすぐ後（1923年9月）に、内縁の妻で女性解放活動家（作家でもあった）の伊藤野枝《いとうのえ》とともに、甘粕が率いた憲兵たちにつかまり首を絞《し》めら

朝日新聞社/時事通信フォト

甘粕正彦

「改造」(1920年ごろ)

大杉栄

れて殺された（扼殺《やくさつ》と言う）。死体は井戸に投げ込まれた。「甘粕事件」と呼ばれる。

その16年後の1939年（昭和14年）に、甘粕は満映の理事長になるのだが、6年後、日本は戦争に負けた。

そして昭和天皇の終戦の宣命《せんみょう》（詔勅《しょうちょく》）があった8月15日の次の日、甘粕正彦は満映の社員や、金持ちの奥様たちを集めて演説した後、8月20日に青酸カリを飲んで自殺した。

私は現地に行ったが、旧満映本社の建物には入れなかった。だが、外から「あの部屋が、甘粕が毒を飲んで死んだ部屋です」と教えてもらった。

●月×日

戦争中に映画産業は、世界各国でものすごく繁栄した。国策映画を作って、プロパガンダ（宣伝）として国民を熱狂の中に動員する力を持っていた。これで国民が一瞬で集団発狂した。戦後は、映画は資本主義《キャピタリズム》（＝市場経済《マーケット・エコノミー》）の繁栄のための道具になった。その次にテレビの時代が来た。

日本の映画産業のピークは、1950年代（昭和25年から）の前半だ。監督では『雨月物語《うげつものがたり》』（1953年）の溝口健二《みぞぐちけんじ》が長老格である。次に『東京物語』（1953年）を監督した小津安二郎《おづやすじろう》、それから『羅生門《らしょうもん》』（1950年）と『七人の侍《さむらい》』（1954年）の黒澤明《くろさわあきら》がいる。黒澤は晩年に奮闘して作った『影武者《かげむしゃ》』で1980年（昭和55年）のカンヌ映画祭最高賞（パルムドール）を受賞した。

戦争に協力しなければ、映画製作は成り立たなかった。戦後の監督や俳優たちも、戦争推進の国策映画会社の中で育った人たちだ。１９６０年代（昭和35年から）に入ると、映画産業はテレビにどんどん押されてゆく。

始まりのころのテレビ局は資金もなく、自前で大きなスタジオを持たなかったから、映画会社の撮影所を借りて（お金を払って）安直《あんちょく》なドラマを作っていた。それが、皇太子と美智子《みちこ》さま（今の上皇と上皇后）の結婚（１９５９年、昭和34年）でテレビの家庭普及率が一気に上がった。テレビ俳優がたくさん出現した。映画の大物俳優たちは、だんだん忘れられていった。あるいは映画とテレビの両方に出るようになった。

１９７０年代（昭和45年から）になると、完全にテレビが全盛時代を迎える。このときに、谷崎や川端そして三島の文学の時代が終わっている。映画大手の東映《とうえい》、東《とう》宝《ほう》、松竹《しょうちく》はしぶとく残ったけれども、大映《だいえい》（社長は永田《ながた》ラッパと呼ばれた永田雅一《まさいち》）は１９７１年（昭和46年）12月に倒産した。石原裕次郎《いしはらゆうじろう》と吉永小百合《よしながさゆり》が大人気だった日活《にっかつ》は、ロマンポルノに路線変更した。

Ｐ109で書いたように、１９３０年代ごろから歌舞伎役者が映画に出始めて、女優の代わりに歌舞伎の女形《おんながた》（おやま。女役）が出演していた。歌舞伎役者の中で、家柄が低くて出世しないと分かっていた嵐寛壽郎《あらしかんじゆうろう》と阪東妻三郎《ばんどうつまさぶろう》が、映画一本に切りかえた。歌舞伎の世界からは、裏切り者として蔑《さげす》まれたのだが、映画産業のほうがどんどん栄えてしまえば、そっちの勝ちだ。世の中の流れというのは、常にそういうものなのだ。

日本全国の農村、漁村でも、芝居小屋（旅芸人一座が来た）がどんどん廃《すた》れて、そこがそのまま活動映画館になった。その多くはムシロを敷《し》いた板敷《いたじき》のままだ。

テレビの時代になった途端《とたん》に、映画と同じく新聞も危ないと言われた。だが新聞はまだ持ちこたえた。１９９８年（平成10年）に、ＰＣのウィンドウズ Windows 98が日本で発売されて、インターネットの時代が始まった。私が主宰するＨＰの「副島隆彦の学問道場」http://www.sni.jp/ は１９９９年に始めて、今年で24年になる。

インターネットからの打撃が、新聞にとって大きかった。さらに、ＰＣの次にスマホが出現して、５年ぐらい前（２０１８年）からＳＮＳとユーチューブ YouTube が国民の間で爆発的に広がった。これに押されて、最終的に①テレビ局、②新聞社、③出版業界が激しく衰退している。2020年代はさらに厳しい。

愛慾に踊る悪の華
吉井伯夫人連行
有閑マダム連を不良教師に
嚴重取調

「国民新聞」1933年11月18日付

「不良華族事件」を伝える記事。吉井勇夫人の実名と写真が載った

スキャンダル

●月×日

もう1人、重要な作家が吉《よし》井《い》勇《いさむ》である。あまり知られていないが、谷崎と同年の1886年（明治19年）生まれで、劇作家で歌人でもある。この吉井勇と谷崎潤一郎は、戦後もずっと仲がよかった。吉井は華族《かぞく》の家柄で爵位《しやくい》は伯爵《はくしやく》だ。宮中《きゆうちゆう》（皇居）の歌会始《うたかいはじめ》の選者も務めた。谷崎が死ぬ5年前に死んだ（19

60年、昭和35年)。

吉井勇は、北原白秋《きたはらはくしゅう》と「パンの会」という作家や芸術家たちの集まりの場を作った。それから、石川啄木《いしかわたくぼく》とも文芸雑誌の「スバル」を創刊した。このとき森鷗外《もりおうがい》が応援している。吉井は有閑婦人《ゆうかんふじん》たちの世界を描いて俗流《ぞくりゅう》文学者扱いされるが、きわめて洒脱《しゃだつ》な人だった。すなわち、さっぱりしていて俗気《ぞくけ》がなかった。

ところが、大変なスキャンダル事件が起こってしまう。吉井の奥さまの徳子《とくこ》(この女性も伯爵家の出)が、事件の主役だった。事件は1933年(昭和8年)11月に起きた。「不良華族《ふりょうかぞく》事件」とか「ダンスホール事件」と呼ばれる。当時の新聞が派手に記事にした(P127の写真)。1933年と言えば、日本(大日本帝国)が国際連盟《れんめい》を脱退した年だ。ドイツでナチス政権が生まれた。

東京の中心の溜池《ためいけ》にある立派なダンスホールで、ダンスを教える(主任教師という肩書)色男《いろおとこ》に、徳子が友だちの奥様たち(有閑《ゆうかん》マダムと言った)を次々と紹介した。徳子がその男と関係があったからで、別れたくないから女たちを紹介したというのだが、このことが警察に知られて、ダンス教師の男と有閑マダムたち、そして徳子も警察に捕まった。

新聞記事に「吉井伯夫人連行」とあるとおり、徳子がこの「不良華族事件」の中心人物だった。男と女たちの色恋沙汰《いろこいざた》が、姦通罪《かんつうざい》（P86〜87で前述した）容疑で摘発されたのだ。吉井勇は、奥さんのせいで、新聞の三面記事に名前が載った。この大スキャンダルの後、吉井勇は徳子夫人と離婚して、身を隠して謹慎した。１９３７年（昭和12年）に料亭の娘と再婚している。

国立国会図書館「近代日本人の肖像」
斎藤茂吉

●月×日

この事件で警察の事情聴取を受けたうちの１人に、斎藤輝子《さいとうてるこ》という女性がいた。斎藤茂吉の奥さんである。彼女は徳子の遊び仲間だった。輝子は、浅草《あさくさ》で大きな精神病院を開業していた斎藤紀一《きいち》という医者の娘である。茂吉はその能力を認められて、婿《むこ》養子で斎藤家に迎えられたのだ。

東京の精神病院には、金持ちの家族の精神病患者たちがたくさん入院する。だから跡継ぎの斎藤茂吉の青山脳病院は大繁栄した。この病院は、茂吉がヨーロッパ留学から帰ってくる寸前（1924年、大正13年）に火事で焼けてしまった。しかし茂吉はそれをきちんと再建した。この辺《あた》りのことは、茂吉の息子で作家になった北杜夫《きたもりお》の『楡家《にれけ》の人びと』に詳しく描かれた。

茂吉と輝子が結婚したのは、1914年（大正3年）である（茂吉32歳）。輝子は「不良華族事件」で事情聴取されたぐらい、派手好きの東京のお嬢様だった。この事件がスキャンダルとしてニューズ報道されると、茂吉は輝子と別居する。離婚はしなかった。茂吉はこの後、永井《ながい》ふさ子と激しい恋をする。茂吉52歳、ふさ子は28歳下の24歳だった。2人の問答歌《もんどうか》（相愛歌《そうあいか》、相聞歌《そうもんか》）はすばらしくて今に伝わる。

ダンスホールの「ダンス」という言葉の中に、すでに嫌《いや》らしさが入っている。ワルツとかタンゴ、ルンバとか、社交ダンス（ソウシャル・ダンス）は、男と女がべたーっとくっついて踊るわけだから、できちゃうに決まっている。このことをみんなが言わない（書かない）ようにしているだけだ。

慶應義塾《けいおうぎじゆく》大学の学生たちのことを「三田《みた》の色魔《しきま》」と言うのは、このときにできた言葉だろう。早稲田《わせだ》大学の替え歌で、慶應の応援歌の「若き血」を「馬鹿《ばか》き血」にした。その中で「銀座の女給《じょきゅう》にうつつを抜かし」と歌い、最後に「低能（慶應）、低能。三田の色魔、低能」と連呼する。慶應大学の校舎が港区の三田にあるからだ。慶應ボーイは当時から学生服のまま、ダンスホールで踊っていた。谷崎の『痴人の愛』にも出てくる。

●月×日

北原白秋の二番目の奥さんも、有閑マダムとは言わないが、やはり不貞《ふてい》浮気妻だった。名前は江口章子《えぐちあやこ》という。北原白秋は『城ケ島《じょうがしま》の雨』（1913年、大正2年）で一躍、人気歌人になった。

章子は九州生まれで、最初は弁護士と結婚した。だが10年ぐらいで離婚して（1915年、大正4年）東京へ出てくると、平塚《ひらつか》らいてう（らいちょう）の紹介で白秋と知り合った。章子も文学少女だった。

1916年（大正5年）に白秋と章子は結婚する。再婚同士だった。しかし4年後には離婚した。白秋が章子の浮気を疑ったからだ。白秋と別れた章子は、九州の実家に戻って住まいを転々とするが（京都にも住んだ）、その後も2回の結婚と離婚を繰り返して、最後は狂死《きょうし》した。

北原白秋の最初の結婚は1913年（大正2年）で、この結婚も不貞がきっかけだ。白秋は姦通罪で捕《つか》まっている。1912年（明治45年）のことだ（27歳）。東京で隣家に住んでいた人の奥さん（松下俊子《まつしたとしこ》という）と関係ができて、それでその夫から告訴されたからだ。白秋は監獄《かんごく》に入れられた。新進詩人のスキャンダルとして新聞で激しく報じられた。

白秋は監獄から釈放された後、傷心を抱いて三浦《みうら》半島の城ヶ島に逃げた。このとき白秋が書いた（作詞した）のが、前述した有名な『城ヶ島の雨』だ。「雨はふるふる城ヶ島の磯《いそ》に」で始まる、あの歌である。劇団の芸術座が音楽会を企画して、白秋に詩を依頼した。それに音楽教師の梁田貞《やなだただし》が曲を付けた。

この『城ヶ島の雨』は、爆発的に売れた。白秋は姦通罪で捕まって、名声を一瞬で失ったとされるが、そうではない。**捕まって優れた詩を書いたことによって人々の共感を呼んで大きな評判が立った**のである。このことを私たちは知らなければいけない。

このときは今のような芸能人が、日本にいなかった。映画産業がようやく出来《でき》つつあった時代だ。だから作家や歌人たちの歌会《うたかい》で、男女が知り合って生まれた色恋が、スキャンダル記事になって騒がれたのである。

文学者仲間たち

●月×日

私は、宇野千代《うのちよ》という女性文学者に注目している。この人は98歳まで生きた。なぜ宇野千代に注目するのか。その前に、梶井基次郎《かじいもとじろう》について書かなければいけない。

私は3月25日に湯ヶ島《ゆがしま》温泉の湯本館《ゆもとかん》（P89～91で前述した）に行った。写真も撮った。私の家からは、車で2時間ぐらいだ。伊豆縦貫《いずじゅうかん》自動車道から国道414号に入って、途中で県道を下田《しもだ》のほうに進む（南下する）と着く。この国道414号を、昔は下田街道と言っていたはずだ。

国道から川のほうへ降りてゆく。湯本館は、狩野川《かのがわ》の上流の渓流がすぐそばを流れていて、そのせせらぎが聞ける河原《かわら》の露店風呂が売り物だ。ここに川端康成が逗留《とうりゅう》していた。

湯本館の前から国道への道沿《ぞ》いに10軒ぐらい旅館があった。だが今は寂しい雰囲気で、人気《ひとけ》がない。ただ通過するだけの道だ。下田街道（国道414号線）は、昔は大きな街道筋で多くの人が往《ゆ》き来《き》していたただろう。

川端康成の『伊豆の踊子』は川端が一高生のときに、この湯本館に泊まったときの記憶をもとに書かかれた。のちに実際に原稿を書いたのも、この湯本館だ。

川端が『伊豆の踊子』を書き上げたときに、押しかけて川端の横で手伝いをしたのが梶井基次郎である。梶井は川端より2歳下だ。文字の校正《こうせい》とかをやった。梶井は川端に、湯川屋《ゆかわや》というそばの安い宿屋を紹介してもらって、夜はそっちに泊まった。

『伊豆の踊子』を執筆した1926年（大正15年）に湯本館は1泊4円で、湯川屋は2円だった。各々《おのおの》、今の4万円と2万円だ。物価はちょうど1万倍になったのだ。

私は湯川屋も探して歩いた。しかし雨が激しくて見つけることができなかった。後で調べたら、国道沿いに湯川屋の建物はあったが、一般の客は泊まれない会員制の施設になっていた。

国立国会図書館「近代日本人の肖像」
梶井基次郎（29歳のとき）

梶井基次郎は、この6年後の1932年（昭和7年）に若くして死んだ。31歳だった。私たちが知っているのは『檸檬《れもん》』という小説だけだ。京都の丸善《まるぜん》で本を積み上げて、その上に爆弾に見立てたレモンを置いた主人公が、「大爆発をするのだったら、どんなに面白いだろう」と言って出て行く。これぐらいしか知られていない。あとは短編の『櫻《さくら》の樹《き》の下には』ぐらいだろう。

> 変にくすぐったい気持が街の上の私をほほえませた。丸善の棚へ黄金色《こがねいろ》に輝く恐ろしい爆弾をしかけてきた奇妙な悪漢《あっかん》が私で、もう十分後にはあの丸善が美術の棚を中心として大爆発をするのだったらどんなにおもしろいだろう。
>
> 私はこの想像を熱心に追求した。
>
> （『檸檬』角川文庫）

●月×日

大阪に生まれた梶井基次郎は、旧制三高から東京帝大文学部に進んだ。だが、ずっと病気がちで出席日数が足りず、三高では2回の落第《らくだい》をして卒業するのに5年かかった。東大も1928年（昭和3年）に除籍された。こっちは授業料の未払いが理由だ。

それでも夏目漱石《なつめそうせき》を尊敬する文学青年だった梶井は、三高時代から同人誌に小説を発表したり、演劇をやったり、短歌を詠《よ》んだりした。頭がよかったのだろう。文学者たちの仲間がどんどんできた。

この文学者仲間の1人が、宇野千代である。

川端康成が『伊豆の踊子』を湯ヶ島で書いていたとき（1926年）、若い文学者たちが川端を訪ねて湯本館に来た。萩原朔太郎《はぎわらさくたろう》とか広津和郎《ひろつかずお》、尾崎士郎《おざきしろう》たちである。その中に宇野千代もいた。梶井基次郎は、前述したように川端の手伝いをしていて、このとき宇野千代と出会った。そして互いに惚《ほ》れてしまった。

川端と若い文学者たちは、毎日のようにみんなで討論会というか、わいわいやっていたようだ。このことが重要だ。**このとき日本の文学者たちは元気だった。**

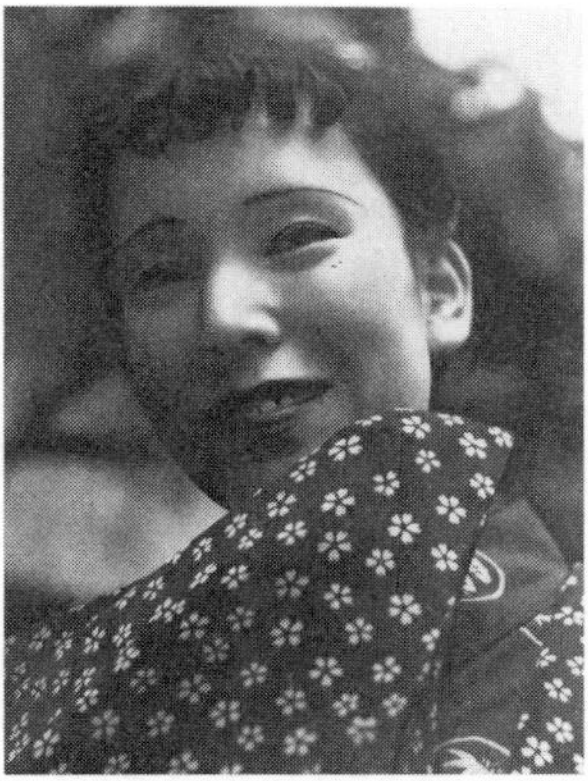
国立国会図書館「近代日本人の肖像」

宇野千代

戦争が始まる時代までは。湯ヶ島に集まっていた若い文学者たちは、この湯ヶ島で芥川龍之介の自殺を知って衝撃を受けた。

●月×日

私が宇野千代に今ごろになって興味を持つのは、男女の愛の世界を正直に書き続けたことだ。この人は14歳で最初の結婚をした。相手は従兄《いとこ》（義理の母親のお姉さんの息子）だった。だが10日ぐらいで嫌になって実家に帰った。次に、この別れた男の弟と結婚した（1919年、大正8年）。さらにその5年後に離婚すると、今度は文学者仲間の尾崎士郎と結婚した。

だから梶井基次郎が宇野千代を好きになったとき、尾崎士郎の奥さんだった。尾崎が妻の千代を湯本館に連れて来たのだ。

宇野千代は頭がよくて、悩まないでさらさらっと文章を書けた人だ。24歳で『脂粉《しふん》の顔』を書いた。脂粉とは、女のおしろいのことだ。おしろいを顔に塗って化粧をした女給が主人公の短編だ。長編の『色ざんげ』（1933年、昭和8年）は、女（軍人の娘）に振り回される画家の話だ。この画家のモデルが、尾崎の次に同棲した画家の東郷青児《とうごうせいじ》である。

宇野千代と尾崎士郎は、1928年（昭和3年）ごろ別居した。正式な離婚はその2年後だが、別居の原因は梶井基次郎だっただろう。宇野千代は、梶井と愛し合ったけれども結婚はしなかった。梶井と別れて、前述した東郷青児と同棲を始めた。入籍はしていない。

宇野千代は東郷青児と2人で、1932年（昭和7年）3月、ふらふらっと谷崎潤一郎を訪ねている。そのとき谷崎は、神戸の近くの魚崎《うおざき》（武庫《むこ》郡魚崎町）に、丁未子《とみこ》（2番目の奥さん）と暮らしていた。ただし、その家は松子《まつこ》の根津《ねづ》家が持つ立派な貸家の1軒で、松子が谷崎に紹介した。そしてなんと、松子が隣家に引っ越して来たのである。松子も隣《となり》の家に住んでいた。

ここで有名な話がある。宇野千代と東郷が、谷崎と話していたら、谷崎が「お隣の奥様が」と言って、女性を家に招き入れた。それが松子だ。お隣の奥様（松子）が木戸からすーっと現われて、地唄舞《じうたまい》を舞うと、そのますすーっと消えていった。

宇野千代は、このときのことを、「谷崎先生は、お隣の奥様への激しい思いを、私たち（宇野と東郷）にまで伝えたかったのではないか」と、のちに回想している。同じ年の12月に、谷崎は丁未子と別居した。「私は松子さんにかなわないからお別れします」と丁未子は言った。この後、１９３４年（昭和9年）10月、谷崎は丁未子と正式に離婚して、翌年の1月には松子と結婚式を挙げた。

●月×日

谷崎と丁未子の結婚生活は3年半の短いものだった（一緒に暮らしたのはもっと短くて1年半）。新婚旅行で高野山《こうやさん》に行って、龍泉院《りゅうせんいん》内の泰雲院《たいうんいん》というお寺に泊まっている。その前にも谷崎は、京都の大きなお寺の離れに住んだと書いているのだが、なぜあちこちのお寺に文学者が住めるのか、私は長い間分からなかった。誰も説明してくれない。そこの住職に特別な伝手《つて》があったわけでもない。

私はようやく発見した。大きなお寺には、必ず宿坊《しゅくぼう》という宿泊施設が横に付いている。お坊様たちが寝泊まりする僧房《そうぼう》ではない。信者たちが集団で来て泊まる建物がある。それが宿坊だ。

宿坊では食事も出る（自炊《じすい》もできる）。そして部屋がそれぞれ分かれている。そうか。寺の宿坊は当時のホテルだったのだ。今の近代ホテルの原型が日本にあったのだ。このたった1点の真実を私は30年、分からなかった。やっと突き止めた。

谷崎は高野山のお寺に丁未子と行って、激しくセックスした、と書かれている。2人の宿坊での暮らしは、しばらく続いた。

そこへなんと、松子が押しかけて来たというからすごい。松子はすぐそばの部屋に泊まって、「谷崎に毎回ご飯を差し出した。それを丁未子は、「私は料理を作るのが下手《へた》だから、松子さんよろしくね」の空気になって、それで谷崎の気持ちは、だんだん松子のほうに移っていった。

1万倍のインフレが起きた

●月×日

私は熱海《あたみ》に住んでいるが、谷崎は戦争中から熱海市内を6カ所ぐらい移っている。高級な一戸建ての家を月200万円ぐらいで借りて住んでいたようだ。貸別荘と言えば分かりやすい。谷崎にとって、月200万円は安いものだと言える。このことを、文学研究をやっている世間知らずの学者たちが実感で分かろうとしない。そこが問題なのだ。

P45で書いたが、たとえば『細雪』の舞台である倚松庵《いしょうあん》の家賃は月85円だった。これを文芸評論家たちは、「当時（昭和10年代）の85円は、現代の12万5000円」などと、本当に馬鹿なことを平気で書く。戦前の85円は、今の85万円である。

本当に物価は戦争の後、昭和21年の預金封鎖《よきんふうさ》と新円切り替えで1万倍になったのだ。日本は敗戦国だから、ハイパー・インフレを起こしたのである。いや、さらに本当は、谷崎は月に今の300万円ぐらい家賃を払ったはずなのだ。

１９２６年（大正15年）11月から昭和の初めに、「円本《えんぽん》」という全集ものが爆発的に売れた。中央公論社や改造社が出した。１冊１円だから円本と呼ばれた。同じころ、東京市内を（大阪も）１円で乗り放題のタクシーが評判だった。これは「円タク」だ。永井荷風《ながいかふう》が新聞記者に追いかけ回されながら『濹東綺譚《ぼくとうきだん》』（１９３７年刊）を書いたときに、この円タクを使っている。今、東京でタクシーを40分も乗れば、１万円になる。だから、１円は今の１万円だ。

円本というのはそれぐらい高価だ。だが人々は読書に飢えていた。少しでも高級で文化の香りのする文学作品を読むために、高いお金を払った。本を買って読む喜びは、人間にとって至上《しじょう》のものであった。今の私たちがいくら追憶《ついおく》しても、この「本を読む喜び」の凄《すご》さを思い出すことができない。

円本ブームになって、谷崎には印税が３万円入った。今の３億円である。それで神戸の東灘《ひがしなだ》区岡本《おかもと》（当時は武庫《むこ》郡岡本梅ヶ谷）に家を新築した。丁未子と暮らすためだ。螺鈿《らでん》や中国の黒檀《こくたん》、紫檀《したん》を使った見事《みごと》な家だった。

ところが次の年に、1万円（1億円）の税金が来た。谷崎はあっさりと新築したばかりの家を手放した。この岡本の家は現在、和歌山県有田《ありだ》郡の有田川《ありだがわ》町に移築、復元している。私が歩いて回ったら、岡本の家は松子たちと暮らした倚松庵と驚くほど近い。

私はいつも書くのだが、昭和の戦争前に下級の職業軍人（軍曹《ぐんそう》クラス）の月給は12円だった。ということは、今の12万円である。今、高卒の公務員は月給（俸給《ほうきゅう》）が17万円ぐらいだが、これは手当てが付いての金額であって、本給（基本給）は12万円だろう。大卒なら月額23万円ぐらいである。

この30年間、日本人の給料はまったく変わっていない。日本という国は、ひどいデフレ（不景気）の国だ。大卒の初任給が30年間、23万円のままだ。私の知り合いの経営者が言った。「（社員に）アパート代7万円と食費5万円、それにスマホ代と交通費を出せるような給料はどうしても払わなきゃいけないんだ」と言っていた。それが23万円だ。

繰り返す。だから戦後、給料も家賃も、あらゆる値段が1万倍になった。日本は、この80年の間で激しいインフレを起こした国である。だから私は、逆にこれからは1ドル＝10円に戻ると思っている。1ドル＝1円でもいい。そのように自分の金融本に書いてきた。だが、誰も信じてくれない。まあ待っていなさい。

●月×日

宇野千代に話を戻す。東郷青児と同棲するようになって、尾崎士郎とは1930年（昭和5年）に離婚した（33歳）。

この9年後の1939年（昭和14年）4月1日に、北原武夫《きたはらたけお》という作家と結婚した。宇野千代は、この北原武夫と2人で「スタイル社」という女性ファッション誌（誌名が「スタイル」）を出す出版社を作って成功した。宇野千代は経営者の

国立国会図書館「近代日本人の肖像」
吉屋信子

才能もあった。

前述したが、宇野千代は戦前の若いころ梶井基次郎と付き合って、男の文学者仲間の中に堂々と入り込んだ。一番仲のよかったのが、吉屋信子《よしやのぶこ》（P145の写真）である。吉屋信子は宇野と北原の結婚式で、画家の藤田嗣治《ふじたつぐはる》と一緒に媒酌人《ばいしやくにん》を務めた。

この吉屋信子は、今のLGBTQ《エルジービーティキユー》の走りだ。レズビアンであることを自分で公表した。同性愛の相手（パートナーと言う）は、門馬千代《もんまちよ》という長年の秘書の女性である。この人を養女（養子縁組）にして、死ぬまで50年間ずっと一緒に暮らした。吉屋信子は、男のようなごつい感じの女性だ。

前述した梶井基次郎も、ごつい顔の男だが、文学的センスがあって、みんなから好かれて愛された。芥川の自殺にショックを受けて、5年後（1932年）に結核で死んだ。

大正の終わりから昭和の初めにかけて、**馬込文士村**《まごめぶんしむら》というのがあった。今のJR大《おお》森《もり》駅、東急池上《とうきゅういけがみ》駅から歩いて行ける距離だ。当時は東京府荏原《えばら》郡馬込村だ。初めは尾崎士郎や川端康成たち作家が住んでいたが、関東大震災で多くの文学者たちが移り住むようになった。広津和郎や宇野千代、佐多稲子、吉屋信子たちもこの馬込に住んだ。萩原朔太郎と室生犀星、三好達治《みよしたつじ》もそうだ。

前の日記で書いたように、文学者仲間たちのネットワークができていた。集まっては楽しく議論した。みんな元気な時代だった。

●月×日

河上肇《かわかみはじめ》という日本の初期社会主義者がいる。京都帝大教授（経済学部長）で、マルクスの『資本論』を翻訳した。この河上が１９２９年（昭和４年）３月に、大阪の中《なか》之島《のしま》公会堂で、「同志山本宣治《やまもとせんじ》の死の階級的意識」（山本は右翼に刺殺された）という講演をした。集まった聴衆はみんなで感動しながら聞いた。

そこに梶井たち文学者も行っているのである。社会主義者の下層インテリ階級の情熱の中に、梶井基次郎たちもいたのだ。内務省の特高《とっこう》（特別高等警察）による政治弾圧は、その前年から始まっていた。

日本国民が、反《はん》共産主義と軍国主義の思想に巻き込まれていったのは、その後だ。この１９２９年の10月に、アメリカのニューヨークで株の大暴落が起きて、世界恐慌（ワールド・デプレッション）に突入した。日本は昭和恐慌（１９３０年、昭和5年から）に襲われた。そして軍国主義に走っていったのである。

しかし文学者たちは、それでも男女の愛を描き続けた。絶対に戦争賛美をしなかった。このことが私は非常に大事だと思う。小林秀雄《こばやしひでお》が、梶井基次郎が死ぬ年に『檸檬』を褒《ほ》めた。**そこには社会主義的な思想と戦争に向かっていく時代の不安が表われていた。**

漱石山脈

●月×日
私は『伊豆の踊子』の重要な場面である天城山隧道《あまぎさんずいどう》（天城トンネル）に3月25日に

『伊豆の踊子』の重要な場面、天城山隧道に行った

行った。雨の中、ようやくたどり着いた（上の写真）。主人公の「私」が、最初に踊子と話をしたのが、このトンネルの脇《わき》にあった茶屋である。

『伊豆の踊子』は、川端康成が22歳のときに書いた「湯ヶ島の思い出」という原稿を、その4年後（26歳）に湯本館で書き直した小説だ。川端自身が『伊豆の踊子・温泉宿』（岩波文庫）で、そう書いている。それを梶井基次郎が手伝ったことは前述した。

天城山隧道は「旧天城トンネル」とも呼ばれている。国の重要文化財だ。国道

414号から今の天城トンネルの2キロ手前で旧国道に入らなければ、この天城山隧道に行けないのだ。私がびっくりしたのは、そこにはたった1枚「旧国道」と書いてあるだけで、天城山隧道の表示板も何もない。だから、この有名なトンネルへは「歩いて行け」の感じだ。車で入って来るな、だ。旧国道は路肩も弱そうだった。

一応、車1台は入って通れる。トンネルの長さは450メートル。一方通行で、対向車の光が向こうに見えたら入ってはいけない。

このトンネルは1904年（明治37年）にできた。石造りの立派なものだ。しかし、看板ひとつない。そこに至るずっと手前の道の脇に、川端康成のレリーフの記念碑があったが草むしていた。今ではすっかり忘れ去られている。よっぽど文学が好きで、現地探訪をしたい人だけひっそりと来なさい、という感じだ。やっぱり1970年を境《さかい》に文学は死んだのだ。

『伊豆の踊子』は、14歳の踊子（薫《かおる》）と、20歳で旧制一高の学生（私。川端のこと）が主人公だ。踊子たちは旅芸人の一座として、伊豆大島から船で熱海に来て、この後、伊豆半島の温泉宿を転々とたどりながら、修善寺《しゅぜんじ》温泉そして下田まで行ってまた大島に帰っていく。

旅芸人たちが若い踊子たちを連れて、このようにして伊豆半島を回っていた。宴席の後、金持ちの商人たちを相手に、若い女の子たちは売春をさせられていた。このこともあまり言ってはいけないことになっている。しかし誰かが言わなければいけない。『伊豆の踊子』は、たくさんの映画やテレビドラマになった（映画は6本）。1974年（昭和49年）の東宝映画では、山口百恵《やまぐちももえ》が踊子で、一高生の「私」は旦那さんになった三浦友和《みうらともかず》だった。どんちゃん騒ぎの宴会で音曲《おんぎょく》が入って、踊りを踊っているところで急に電気が消えるシーンがある。一高の学生だった19歳のときの実体験を元にして川端康成が描いた。これが重要だ。文学とは、エロスの世界を描くことである。

●月×日

夏目漱石の元には、たくさんの若い文学者たちが集まった。これを**「漱石山脈」と私は呼んでいる。**主に東京帝大の学生だった森田草平《もりたそうへい》以下、芥川龍之介も久米正雄《くめまさお》も菊池寛たちも漱石の家に集まって議論をした。この集まりを木曜会《もくようかい》と言う（毎週木曜日に開かれたから）。この漱石山脈のすごさは、**誰一人として戦争を積極的に賛美しなかった**ことである。

久米正雄は漱石の娘の筆子《ふでこ》と親しくなり、婚約していた。ところが、松岡譲《まつおかゆずる》に筆子を奪われてしまう。松岡は久米の同級生で親友だ。小説も少し書いていた。漱石の奥さんの鏡子《きようこ》は、久米に「あなたは小説なんか書かないで、（漱石の）版権の管理をやりなさい」と言っていた。だが、久米はそれに従わずに、小説を書き続けた。それを鏡子が嫌って、久米と筆子は破談する。筆子は松岡と1918年（大正7年）4月に結婚した。

この顚末《てんまつ》を久米正雄が『破船《はせん》』という小説に書いてしまった。「こんな目に遭《あ》いました」と、自分のかわいそうな境遇を書いた。これで久米への同情が集まり、久米の評判が上がった。決して暴露本ではない、優れた私小説の作家として久米は注目された。だが、その後の文芸評論家や文学者たちは、久米正雄の考えを無視して夏目漱石を神格化した。漱石神話《しんわ》を作って祭り上げていった。このように、漱石山脈も男と女の愛の世界のお騒がせ人間たちなのである。

谷崎潤一郎は、前述した「細君《さいくん》譲渡事件」（1930年）で新聞で騒がれた。3人で協議して佐藤春夫に奥さんの千代をあげたと、大きな見出しと記事が載った。

だが、よく考えたら、奥さんの「譲渡」をわざと新聞で公表したのは、それなりの理由があった。すなわち、これは姦通（罪）ではありません。差し上げたのです。「人妻をもらったりあげたりって。いったい何ですか、これ」と、みんながびっくりした。けれども、婚姻関係を解消して新しい奥さんになりましたというのだから、これは犯罪ではない。この**違法すれすれを生きた谷崎たちのすごさ**を、今の私たちは分かるべきなのだ。

ホームページ「副島隆彦の学問道場」http://www.snsi.jp/

ここで私は前途のある、優秀だが貧しい若者たちを育てています。

会員になって、ご支援ください。

切りとり線

★読者のみなさまにお願い

この本をお読みになって、どんな感想をお持ちでしょうか。祥伝社のホームページから書評をお送りいただけたら、ありがたく存じます。今後の企画の参考にさせていただきます。また、次ページの原稿用紙を切り取り、左記まで郵送していただいても結構です。

お寄せいただいた書評は、ご了解のうえ新聞・雑誌などを通じて紹介させていただくこともあります。採用の場合は、特製図書カードを差しあげます。

なお、ご記入いただいたお名前、ご住所、ご連絡先等は、書評紹介の事前了解、謝礼のお届け以外の目的で利用することはありません。また、それらの情報を6カ月を越えて保管することもありません。

〒101-8701（お手紙は郵便番号だけで届きます）
祥伝社　新書編集部
電話03（3265）2310
祥伝社ブックレビュー　www.shodensha.co.jp/bookreview

★本書の購買動機（媒体名、あるいは○をつけてください）

＿＿＿＿新聞の広告を見て	＿＿＿＿誌の広告を見て	＿＿＿＿の書評を見て	＿＿＿＿の Web を見て	書店で見かけて	知人のすすめで

★100字書評……狂人日記。戦争を嫌がった大《だい》作家たち

名前

住所

年齢

職業

副島隆彦　そえじま・たかひこ

評論家。1953年、福岡市生まれ。早稲田大学法学部卒。外資系銀行員、予備校講師、常葉学園大学教授等を歴任。米国の政治思想、法制度、金融・経済、社会時事評論の分野で画期的な研究と評論を展開。「民間人国家戦略家」として執筆・講演活動を続ける。『預金封鎖』『恐慌前夜』をはじめとする「エコノ・グローバリスト」シリーズ(小社刊)で金融・経済予測を的中させ続けている。近著に『米銀行破綻の連鎖から世界大恐慌の道筋が見えた』(徳間書店)など。

ホームページ「副島隆彦の学問道場」
URL　http://www.snsi.jp/

狂人日記《きようじんにつき》。戦争《せんそう》を嫌《いや》がった大作家《だいさつか》たち

副島隆彦《そえじまたかひこ》

2023年10月10日　初版第１刷発行

発行者……………辻 浩明
発行所……………祥伝社《しょうでんしゃ》
〒101-8701　東京都千代田区神田神保町3-3
電話　03(3265)2081(販売部)
電話　03(3265)2310(編集部)
電話　03(3265)3622(業務部)
ホームページ　www.shodensha.co.jp
装丁者……………盛川和洋
印刷所……………萩原印刷
製本所……………ナショナル製本

Printed in Japan　ISBN978-4-396-11686-6　C0230

〈祥伝社新書〉
歴史に学ぶ

366
はじめて読む人のローマ史1200年
建国から西ローマ帝国の滅亡まで、この1冊でわかる！
東京大学名誉教授
本村凌二

168
ドイツ参謀本部 その栄光と終焉
組織とリーダーを考える名著。「史上最強」の組織はいかにして作られ、消滅したか
上智大学名誉教授
渡部昇一

379
国家の盛衰 3000年の歴史に学ぶ
覇権国家の興隆と衰退から、国家が生き残るための教訓を導き出す
渡部昇一
本村凌二

527
壬申の乱と関ヶ原の戦い なぜ同じ場所で戦われたのか
「久しぶりに面白い歴史書を読んだ」磯田道史氏激賞
東京大学史料編纂所教授
本郷和人

565
乱と変の日本史
観応の擾乱、応仁の乱、本能寺の変……この国における「勝者の条件」を探る
本郷和人

〈祥伝社新書〉
歴史に学ぶ

545
日本史のミカタ
「こんな見方があったのか。まったく違う日本史に興奮した」林修氏推薦
国際日本文化研究センター所長 井上章一
本郷和人

588
世界史のミカタ
「国家の枠を超えて世界を見る力が身につく」佐藤優氏推奨
井上章一
小説家 佐藤賢一

630
歴史のミカタ
歴史はどのような時に動くのか、歴史は繰り返されるか……など本格対談
井上章一
国際日本文化研究センター教授 磯田道史

351
英国人記者が見た
連合国戦勝史観の虚妄
滞日50年のジャーナリストは、なぜ歴史観を変えたのか。画期的な戦後論の誕生
ジャーナリスト ヘンリー・S・ストークス

578
世界から戦争がなくならない本当の理由
なぜ「過ち」を繰り返すのか。池上流「戦争論」の決定版！
ジャーナリスト 名城大学教授 池上 彰